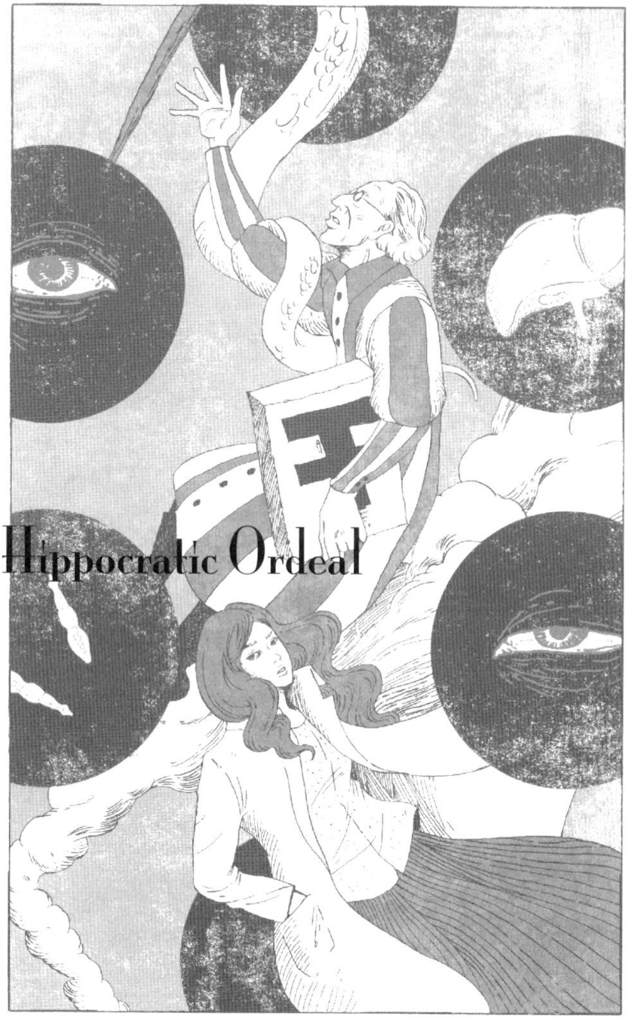

The Hippocratic Ordeal

中山七里

希波克拉底的試練

目錄

希波克拉底的試練

Chapter 1

米之毒

1.

迎接那位來客的是真琴。

「開腸的在嗎?」

日正當中時獨自留守浦和醫大法醫學教室的真琴，不禁重複對方的話反問。

「說開腸當然是解剖啊。妳不是開腸的助手嗎?」

看來他指的是法醫學教室老大光崎藤次郎。光崎本人相當不客氣，但這名男子也不遑多讓。而且聽他的口吻似乎是老朋友。年齡確實是與光崎差不多，一靠近便聞到醫療從業人員獨特的消毒水味。

「我是法醫學教室的助教栂野真琴。不好意思，請問您是……」

「嗯，我跟他有約。我是城都大的南条。他跟我說一點他可以，妳沒聽他說嗎?現在已經超過五分鐘了。」

真琴搜尋記憶，但光崎沒說過要會客。不過他也不是會將私人會面一一告知的人，而且除了上課和司法解剖以外，也不像有守時守信的觀念。

然而南条一點也沒有困擾或生氣的樣子。

「他就是個對屍體比對活人更有興趣的怪人。事到如今我也不期待一般常識規範得了他。」

看來他很清楚光崎的為人，真琴對南条的戒心於是放鬆了幾分。光崎是個不知學會的常規慣例與學者的心胸狹窄為何物的人，所以即使同在醫療體系，討厭他的人也絕對不少。

「不過說來奇怪，一知道那個開腸的到現在還是不懂禮貌，竟然感到安心。到了這把年紀很多人都變圓融了，但久久見上一面卻言語無味。跟那種的，我看就只會葬禮上再相逢了。」

開口動輒言生死也許是南条的個性，但所有醫生也都有這個傾向。一天到晚面對死亡，難免會遇上醫師倫理接近麻痺的局面。真琴認為與「死」有關的黑色笑話大概是迴避這種局面不可或缺的安全閥。

「栂野小姐，是吧。妳在光崎底下幾年了？」

「一年多。」

「唔。在他底下還能熬過一年啊。這就麻煩了。」

「有什麼麻煩呢？」

「適應不了那種人的一星期就會跑了。能待上一年，就代表妳完全中了他的毒。很快各方面都會跟他越來越像。」

這比黑色笑話更驚悚好不好！

正不知如何回答時，光崎終於帶著副教授凱西回來了。

「什麼，你已經來了啊，賣藥的。」

「是你遲到了。」

「除非有患者，不然把長針忘掉。性急的老不死很討人厭的。」

「再怎麼討人厭也比不上你啊。」

還沒打招呼便是一陣諷刺與毒舌的唇槍舌劍，令真琴有點不安。這時候明明不必管，凱西卻加上不必要的說明：

「妳知道為什麼說是賣藥的嗎，真琴。南条教授盡可能依靠藥物療法，所以才會被光崎教授叫作賣藥的。」

所以是開腸的跟賣藥的互相叫囂，但這話不該當著本人的面說。熱愛為屍體動刀勝過三餐的凱西有外科手術至上的傾向，任憑真琴拚命向她使眼色還是對自己的言行不妥一副渾然不覺貌。只不過南条似乎也不以為意，連眉毛也沒動一下。

「哼。到了這把年紀，討人厭是最有效的長壽法。倒是你來找我幹嘛？你說電話不好說我才特地見你的。別浪費時間，快說。」

「你沒發現你自己的話前後矛盾嗎？算了。反正事情緊急，我就挑重點說給你聽。」

接著南条開始說起以下的情形。

八月二十日，也就是昨天，南条服務的城都大附屬醫院來了一名急診患者。患者名叫權藤要一。他被送來此地是因為附屬醫院是急救責任醫院，但權藤是南条的朋友。

「說朋友，也只是每個月一起打高爾夫球的球友。而且是這三年才開始的。」

權藤今年六十八歲。妻子已逝，沒有孩子，過著優雅的單身生活。唯一的弟弟因肝癌猝逝，只有姪兒有時會來探望。

所謂優雅並非比喻，實際上權藤在各方面都是個幸運的人。他一手建立起醫療儀器廠，退下董事長一職時賣掉了持股，得到大筆資產。本來他大可坐擁豐厚的資產過悠閒自在的生活，但權藤並不滿足於此。

很多人有了錢，接著就會想要名。手握豐厚資產的權藤下一個想要的便是都議會議員的頭銜。但他的選區沒那麼好混，不會讓無名的新人初選便當選，選舉結果以得票數最少告終。權藤付了昂貴的學費，於第二次選舉投入更多學費獲得了勝利。

「甚至有傳聞說他到處撒錢。實際上警方也出動了，卻沒能找到證據。他是要不到就更想要的個性。我和他一起打球的時候也這麼覺得。」

然而當初雖沒有立案，一度蒙上賄選的印象就難以洗刷。在不久前的第三次選舉中以些微差距敗選，正為四年後的改選開始雌伏時，權藤遇到了比對方陣營更難纏的敵人。那就是曾經屠戮親弟的肝癌。

「送到醫院時已經是危篤狀態。MRI（磁振造影）檢查中發現整個肝臟都被腫瘤侵蝕，還轉移到部分肺部。手術的成功率本來就低，再加上高齡，能不能熬得住手術也是問題。但還來不及考慮動不動手術，權藤就在檢查中死亡了。」

「幾點？」

「深夜一點多。才剛過半天。」

「病理解剖呢？」

「唯一的親人姪兒不答應，因此無法解剖。」

「哼，無聊。」

無聊指的是無法解剖一事，還是無法說服姪兒的院方人員不得而知。但照光崎的個性，多半兩者皆是吧。

「主治醫師和檢查技師從ＭＲＩ影像判斷不需要解剖。」

「院方都判斷不需要解剖了，親人還拒絕解剖，可見是有人提出要解剖吧？」

「是我。我認識死者，想釐清死因……我這樣提議，卻碰了一鼻子灰。」

「為了這點理由就要解剖？你不是內科嗎？ＭＲＩ的結果你也看了吧？」

「看了，所以才更無法接受。同樣是死，被仇殺我還比較能理解。」

南条以諷刺的口吻說。那語氣簡直像權藤病死便宜了他似的。

「因為球友是現任醫師，權藤每年都會在我們醫院做一次定期健檢。過去兩次健檢都沒有發現肝癌。」

「上次健檢是什麼時候？」

「去年十一月。本人也沒有腹痛之類的自覺症狀。」

光崎單邊眉毛微微一挑。那是對南条的話有疑問的表示。

真琴也同樣有疑問。九個月前沒有自覺症狀的肝癌，卻在九個月後致人於死的例子，她既沒見過也沒聽過。

肝癌約有九成是肝細胞癌，一般說肝癌指的便是指肝細胞癌。肝細胞癌與其他器官的癌症不同，大多都是從慢性肝病發展而來。換句話說，肝細胞長期反覆破壞與再生是誘發癌症的原因所在。因此若肝癌嚴重到回天乏術，過程中當然會出現腹痛或低血壓等症狀。即使是無症狀的五公分以內的腫瘤，以腹部超音波、X光CT、MRI等檢查都能檢查出來。

「之前檢查發現他感染B型肝炎，但只是帶原，也沒有肝硬化的徵兆。因為他也不怎麼愛喝酒。所以不到一年就因肝癌猝死，實在不太可能。」

「有外傷嗎？」

「還不到相驗的程度，不過他剛斷氣的時候我看了一下。沒有看到撞傷或擦傷之類的傷痕。所以我才建議做病理解剖，卻被姪兒以『不想讓故人再痛一次』拒絕。」

「本人都沒有自覺症狀了還痛呢。哼，好令人敬佩的家屬感情啊。那，你幹嘛拿這件事來找我？」

「感興趣了吧？」

「城都大也能解剖。」

「不巧的是，我們那裡沒有像你這種喜歡蠻幹的人。」

「既然你連這個都算進去了，好歹把屍體抬來表示一下誠意啊。」

「好，重點來了。」

南条半調侃地攤開雙手。

「要是請浦和醫大解剖，你們有經費嗎？」

「沒有。」

光崎不假思索地回答。讓埼玉縣警和浦和醫大一直忙到上個月的「修正者」案，使縣警與醫大的解剖預算雙雙枯竭，現在連要委託一件解剖都有問題。

「那費用你們就不必擔心了。去跟我們大學敲一敲，多少能要到贊助，不夠的我出。」

「你對一個普通球友這麼有心啊。」

「就算是普通球友，死得不明不白我也看不慣。萬一城都大這邊錯漏了什麼，天曉得事後會不會演變成什麼問題。求知是一時之恥，無知是一生之恥。還有一點，」

南条似乎很享受對方的反應。

「就像你也知道的，我不擅長談判。要是擅長的話，早就爬得更高了。」

「那是你不會做人吧。」

「好歹有做到沒被大學處置掉，但卻也還不能打破病理解剖的原則。就算血緣不算近，人家也是唯一的親人，他拒絕了我也無計可施。但你的話，不是蠻幹成性嗎？」

光崎狠瞪了南条一眼：

「不擅長談判，倒挺會打這類鬼主意的。」

「我說了，我還算懂得做人。」

聽兩人對話，簡直像壞人在密謀什麼。當事人八成會否認，但這兩人是同類。這肯定是他們一直保持來往的原因之一。

至於凱西，正因為睽違近一個月的司法解剖可望重啟而雙眼放光。這個熱愛屍體的副教授有個壞毛病，只要能解剖，大部分的事她都能忍耐或放過。

真琴——凱西小聲叫道：

「惡化得異常快速的肝癌，這症狀非常懸疑。完全激起了我充滿求知的好奇心。」

老實說，凱西有多起勁，真琴就有多洩氣。無視正規手續的病理解剖，強硬說服家屬的手法。光是這兩點就已經大大不講理了，真琴卻覺得在浦和醫大法醫學教室已成為常態。要是光崎和凱西亂來，只有身為助教的真琴會去阻止，但自己真阻止得了嗎？

真琴在一旁煩惱時，光崎與南条的密談仍步步進行。

「要是光靠醫院這邊勸不動家屬的話，你有什麼打算？」

「只能借助國家公權力了。這不是你的慣用手法嗎？」

「我可沒有借助過。只是手邊剛好有工具罷了。」

這幾句話要是被警方、尤其是最常被耍得團團轉的那個埼玉縣警聽到了，真不知他會有什麼表情。

「那個姓權藤的住哪裡？」

「離我們大學不遠。世田谷的經堂。」

聽到地點光崎便一臉不悅地皺起眉頭。儘管是斯界權威，也不能毫無理由地介入東京都的死亡案件。旁若無人的野人也是要講策略的。

「轄區不同會是瓶頸嗎？那你放心。那個姪兒住和光市。」

和光市在埼玉縣警的管轄範圍內，光崎也就還有介入的餘地。只不過要介入的話，就必須有縣警的參與。

一想到有形無形的麻煩又要找上那人，真琴不禁心生同情，同時也有幾分雀躍。

「這樣你就有工具了吧？」

「我又還沒有答應。」
「都說這麼多就等於答應了。要是打算拒絕，你根本打一開始就連聽都不會聽。」
「別說得好像你多了解似的。」
「我才不想了解你。」
於是，兩位醫師又互瞪了好一會兒。

南条離開了三十分鐘後，縣警搜查一課的古手川也被叫到法醫學教室。
「那個，沒有人報警吧？」
「他只有姪兒一個親人，也只有本人受害。」
「也沒有什麼能證明是謀殺吧？」
「有醫學上的矛盾。」
「被害人住在世田谷的經堂，死於世田谷區的醫院吧？」
「同樣的話你要我說幾次。」
「那麼，您的意思是要我們特地去查本來就是警視廳手裡的案子？」
聽了光崎的說明，古手川試圖抗議。然而，一旦習慣了光崎的蠻橫，抗議自然便帶著哭喪調，那光景在旁人眼中顯得相當可悲。

「哦，這麼說，就因為轄區不同，你就不願正視事實嗎？你好歹是個警官，竟然要對犯罪的可能性視若無睹？好一個令人尊敬的警官啊。」

「可是，您說的事實，純粹是醫學角度的懷疑，現階段犯罪的可能性趨近於零。」

「無論什麼場合零都是不可能的。你以為你已經老練得能夠這樣斷定了？就算犯罪的可能性只有百分之一，去排除這可能性就是警察的工作，你的上司難道沒有教你嗎？」

仔細聽，這種說法根本是雞蛋裡挑骨頭，但從光崎嘴裡說出來就很有說服力，實在很神奇。看著光崎，真琴深深體會到說什麼並不重要，重要的是誰來說。

「死了的男人很有錢，親人只有一個姪兒。這個狀況還嗅不出犯罪的味道，那你根本不適合當警察。快把辭呈提一提，去找不必用腦的工作。」

「好過分……」

「哪裡過分？你不知道什麼叫適才適所嗎？要是想證明自己適合當警察，就拿出表現來！」

光崎說完便留下不服氣的古手川，三兩步出了教室。

雖是老樣子，但或許實在可憐，凱西便開口了。然而凱西這個人，會看醫學書籍卻不會看氣氛。

「古手川刑警，不用放在心上。」

「副教授是安慰我嗎？」

「了解自己的極限是件非常好的事。很多人都誤判了自己的極限，結果catastrophe，用日語說就是悲劇了。」

完了。不僅沒安慰到，還在人家傷口上灑鹽。

被古手川瞪了一眼，凱西終於發現自己失言。

「Oh！能處理古手川刑警的心碎的不是我。」

留下這句話，便逃也似地追隨光崎的腳步走了。

尷尬的沉默降臨在被留下來的兩個人之間。

還是古手川乾咳一聲，開口說道：

「好吧，反正又不是頭一次被光崎醫生罵得狗血淋頭。可是這次實在沒有我們縣警本部出場的餘地啊。」

聽他這麼一說，確實如此，認為有疑點而為這件事找上門的南条和光崎是醫療人士，既然唯一的警方人士古手川沒有積極的懷疑，便無法將權藤之死以案件來調查。

「沒辦法……噢。」

「是說，光崎醫生就只會提出無理的要求。那走吧。」

「咦！去哪裡？」

「當然是城都大附屬醫院。既然昨晚送醫後確認死亡，遺體應該還安置在醫院裡。姪兒應該也在吧。」

「那為什麼我也要去？」

「我一個刑警單槍匹馬闖進去他們只會覺得莫名其妙。但要是有浦和醫大法醫學教室的人同行的話……」

「同行的話？」

「大概會更莫名其妙。被懷疑成這樣，就無法置之不理，為了早點把這些人趕走，就不得不協助調查。」

「我覺得這種做法不但沒用，而且太亂來了。」

「我被交代的事就是這麼亂來。那我也只好亂來了。還是說真琴醫生有更好的辦法？」

真琴想了半天，討厭的是，她也想不出比古手川的提議更好的辦法。

「這種事做多了，被人討厭好像也會越來越沒感覺喔。」

「拜託妳不要在那裡有感而發。」

古手川邊抱怨邊帶著真琴出去。

2.

經過時髦獨棟屋一家連著一家的住宅區，很快便看見城都大附屬醫院。醫院的外貌會與所在地區本身越來越相似。而附屬醫院的建築和住宅也同樣給人道貌岸然之感，這會是來自地方醫大的人的小心眼嗎？

自己和古手川這就要闖進這家富麗堂皇的醫院，做出討人厭的舉動——一想到這裡，真琴的決心就大大動搖。

古手川向一樓櫃台告知來意。南条事先便已打點過，因此他們順利被帶往往生室。

「一直到這裡都有通行證，很輕鬆。」

走在走廊上，古手川提醒般說，但很顯然是在說給他自己聽。

往生室裡，權藤的姪兒出雲誠一正俯視著屍體。

年齡大約三十多接近四十，身上過時的條紋襯衫紮進褲頭，使他顯得更加老氣。

出雲一看到古手川他們便立刻一臉提防。

「你們是誰？」

「你好。我是埼玉縣警古手川。這位是浦和醫大法醫學教室的栂野助教。」

「我管你們姓啥名啥。警察和法醫學教室的人幹嘛跑來這裡？」

「純粹是為了手續。為了火化下葬，需要醫師的相驗屍體證明書或死亡證明。」

「這我知道。我伯伯是死於肝癌。是病故的，所以要死亡證明對吧？」

「是啊，往生者的確是罹患肝癌，我們已經聽說是這裡的ＭＲＩ檢查出來的。」

「那不就好了嗎？」

「在那之前，有兩、三個問題要請問。」

「問什麼？」

「聽說往生的權藤先生沒有太太也沒有孩子？」

「對，和子伯母在生孩子之前就死了。」

「聽說權藤先生的弟弟同樣也過世了？」

「我爸也是肝癌。拖了很久最後還是在我大學畢業的時候掛了。聽說我爺爺也是肝癌死的，大概是遺傳吧。」

「權藤先生有不少資產吧？」

「他在世田谷的高級住宅區住獨棟的房子。光這個就是很了不得的資產了。」

出雲似乎有意輕描淡寫，但創業者賣掉持股時獲利之大，就連真琴也不難想像。推測權藤除了自有住宅之外還留下了不少資產，應該錯不到哪裡去。

「資產家猝逝。而繼承人就只有你一人呢。」

「你最好不要說這種話。妨害名譽哦。」

「要搬出妨害名譽，前提是要有人惡意中傷。冒昧請問一下，出雲先生在哪裡高就？」

「……跟我的工作又沒關係。」

「既然沒關係，回答一下也無妨吧？」

「我之前在和光的生協上班。」

「之前。過去式呢。現在呢？」

「正在求職。你煩不煩啊。」

「這麼一來，您的立場就有點微妙了。」

古手川的聲調放低。出雲似乎也隨之提高了警覺。

「一些愛八卦的人多半會認為富有的權藤先生是被人謀財害命。而頭一個被懷疑的，便是您這位唯一的繼承人。」

「真的是很八卦。聽了就噁心。」

「所謂的事實大多是噁心的。」

「我可要先聲明，我並沒有接受伯伯的照顧。反而是我常常關心他。」

「哦，您都怎麼關心？」

「我們生協的職員最清楚哪裡的農特產好吃，而且離職以後還是有門路可以買。我都會挑伯伯喜歡的送他。伯伯是會感謝我，但我可沒有被他施捨。」

「可是沒口德的人什麼話都會說啊。你不覺得煩嗎？」

「當然很煩啊。」

「既然如此，為了闢謠，不如將權藤先生的遺體送去病理解剖吧？」

「解剖？我聽你胡扯！」

「不是胡扯。解剖就能完全證明權藤先生確實是肝癌。這麼一來就沒有人會懷疑你了。」

「我告訴你，我親眼看見我爸是怎麼死的，我很清楚，肝癌到了末期肚子會積腹水，非常痛。伯伯一定也是這樣。你卻還要叫我再折磨伯伯的身體？我拒絕。我絕對不答應。」

他激動的樣子激起了真琴的懷疑。

「而且，就算不解剖，ＭＲＩ就已經查出是肝癌了。」

「我只是希望你能擺脫令人不快的謠言而已。最好加倍小心。」

「我現在手頭沒有現金，出不起解剖的費用。」

「不不不，病理解剖是為了確定治療的妥當性，費用由院方負擔。也是因為這樣我才帶浦和醫大的醫師來的。」

「而且，解剖需要家屬同意吧？」

「是啊。」

「家屬只有我一個。我拒絕的話，就不能進行病理解剖了吧？」

「是啊。」

出雲得意地將下巴一揚：

「那麼我堅決不同意。我要將伯伯的遺體直接火化。」

「連告別式也不辦？他是創業者，還曾任都議會議員呢。我想公司那邊的人和議員同僚都會想和他告別的。」

「告別式會辦啊，那是當然的。」

不自然的語氣更加深了真琴的懷疑。

「伯伯白手起家，打出一片天。我會幫他辦一場盛大的葬禮。不過不歡迎警察。」

「就算喪主再怎麼堅持，都議會的人都會去的話，警備部也不可能乾巴巴地在旁邊看。一定什麼事都要管，包括在哪裡辦都有意見。為了確保出席者的安全，希望你能依照警方的建議行事。」

真琴內心暗自嘆息。

真琴也認為古手川是個能幹的刑警，但有時候就是會出現這種幼稚的一面。每當對方無禮或者傲慢的時候，明明大可迴避，他卻要去激怒對方。本來以為這是他平日受光崎和他上司任意使喚的反彈，但看樣子那並非唯一的原因，還受到骨子裡的反骨精神驅使。

「馬上給我滾！」

當事件尚未進入調查階段，家屬要求離開，他們也只能照做。古手川和真琴一起離開了往生室。

門一關，古手川就恨恨地咬住嘴唇。

「要是姿態再放軟一點就好了。」

「不管軟的硬的，他都不會答應解剖的。」

「為什麼？」

「真琴醫師。那個人有問題。那個姓出雲的和權藤的死大大有關。」

「這是刑警的直覺？」

「這叫經驗值好嗎。」

古手川的語速變得比之前快。每次他啟動引擎就會這樣。

「就是因為有什麼解剖了之後會不利的原因，他才會這麼忌諱解剖的。妳不覺得嗎？」

「這個我也想到過。只是也覺得基於家屬的親情也不是不能理解。」

「他們住得那麼遠，平常又沒有受到伯父照顧。這樣的關係，我不相信會有什麼捨不得屍體挨刀的親情。」

古手川的腳步加快了，變成真琴從後面追趕。

「沒時間了。一領到屍體，出雲辦完喪禮就會火化。如果不在今明兩天之內拿到票，好好的物證就會化成灰。」

「我該做些什麼？」

「真琴醫生等著吧。沒有屍體法醫學教室也無能為力。」

他的背影顯得好雄偉。

＊＊＊

「出雲嗎？嗯，我記得。」

古手川來到生協的配送中心，接待他的是一位姓津川的中老年配送員。

「我是出雲的訓練員。生協的配送從開車到上下貨原則上都必須一個人完成，所以我常要教新人。」

「他的工作態度如何？」

「這個啊，算認真的。因為他進來的時候已經三十五歲了。他自己好像也知道，要是離開這裡，以他的年紀要找下一個工作就很難了。」

這年頭連二十幾歲的年輕人都找不到工作。在求職中心搜尋，三十五歲以上的職缺驟減。

「還有就是，這個工作是要獨力送貨上下貨，無論如何都是靠體力。三、四十歲是還好，一過了五十就不行了。基礎體力不行的很快就跟不上。這麼一來就要從配送轉內勤，但基本薪資比較低啊。很多都是咬著牙留在現場。出雲也是，雖然單身卻沒有父母可以依靠，所以才那麼拚吧。」

「可是，出雲先生不是有個資產家伯伯嗎？」

「哦，這個我也聽說過。說什麼創辦了醫療儀器廠，而且還當都議會議員。不過他是說沒那麼親，沒得靠。」

津川的證詞令人感到有些不太對勁。沒有倚靠權藤雖與本人的說法吻合，但「不親」這方面就有微妙的出入。

「我聽說出雲先生和他那位伯伯是彼此唯一的親人。」

「是啊，我也是這麼聽說的。可是呢，就算是親戚，伯父和姪兒畢竟有點遠。俗話說，遠親不如近鄰嘛。」

「您知道他會送生協的商品給他伯伯的事嗎？」

「知道啊，他說他伯父嘴巴很刁，所以要送。」

「他工作態度認真卻辭職了啊？」

「他有體力也很勤勉，脾氣卻很暴躁。和當時中心的負責人吵起來。」
「吵架的原因是？」
「現在已經想不起來了，也就代表是那麼微不足道的小事啊。偏偏你一句我一句，互不相讓，越吵越凶，後來是出雲先動手的。暴力是最要不得的，所以當場就懲戒免職了。好像是兩年前吧。」
「那麼，他在這裡待了兩年左右了？」
「我本來以為他會待更久一點的。」
「離職後，他有和您聯絡嗎？」
「離職以後他說他很喜歡生協的商品，也一直買。只不過在找到下一個工作之前沒辦法太奢侈吧，就只有買米而已。」
「米而已？」
「五公斤裝的秋田縣的越光米，還有一些工業米。這些他會定期買。」
工業米是個陌生的詞，古手川便請津川說明。
「呃，工業米指的是外國產的米當中發了黴的、被驗出農藥殘留超標的米。也叫作事故米。」

接下來的說明大致如下：

因ＷＴＯ（世界貿易組織）農業談判，日本也必須自國外進口一定數量的米。所謂的ＭＡ（minimum access）米，二〇一八年的數量約為七十七萬噸。當時日本國內的國產米便已過剩，再加上國外市場米價暴漲，ＭＡ米一點也不便宜。而且基於保護國內農產品的政府方針，ＭＡ米自然成為保管對象，沒有在市場上流通。如此勢必要儲存在倉庫中，因而容易發黴。

「一開始就沒有市場又發了黴，實在不能吃。所以這類事故米就用來當作飼料或肥料。」

「既然都叫作事故米了，一定很便宜吧？」

「便宜得不得了啊。食用米的中盤價格一噸大約三十萬圓，事故米一噸才一萬圓。」

「可是，出雲先生要那種米做什麼？」

「這種米本來就沒什麼需求，頂多拿去做成飼料。出雲也是說要當作飼料。這種東西一般是不會出現在生協的通路的，只是偶爾有飼料公司會採買，所以我們有賣一點。」

「用來當飼料。那麼他在家養家畜嗎？」

「這個啊，說要當飼料也許只是藉口。」

津川露出別有意味的苦笑。

「雖然不能倚靠，畢竟是唯一的親戚，而且又是有錢人。我猜，他是送好米去討伯父歡心。然後，自己吃事故米將就。」

「不是不適合食用嗎？」

「那是和國產米對照的結果啦。又不是吃了馬上就會死，人家國外也照吃啊。」

無人回家的權藤宅悄然無聲。

考慮到參加喪禮的人物和人數，要在自家舉辦喪禮便有困難。出雲多半會利用附近的會場。他在領回權藤的遺體後還必須向區公所申請埋葬。因此多半暫時不會在此現身。

進入權藤宅一事，才剛取得世田谷署的同意。獨居老人死亡後，住處便空無一人。因必須防範犯罪，在繼承手續完成前鑰匙都由世田谷署保管，這就便宜了古手川。當然世田谷署生活安全課的署員富增也同行，但能夠進入權藤宅實屬僥倖。

「話說回來，這件事沒有犯罪成分啊。你們到底要查什麼啊？因為唯一的繼承人住在和光市，你一個埼玉縣警就跑來，這理由也說不太過去吧。」

「不好意思給你添麻煩了。我們組長太強勢。」

「就是啊。要不是渡瀨警部的人，我上司會不會同意就很難說了。」

沒有公文也沒有調查權。赤手空拳的古手川唯一的王牌還是只有渡瀨。以目前還不見得會立案為前提搬出光崎的名字，組長便不情不願地幫忙向世田谷署疏通了。而世田谷署也無法拒絕渡瀨的說情。

渡瀨不敢得罪光崎，世田谷署不願惹渡瀨。這樣算起來站在弱肉強食的頂點的便是光崎，古手川不得不再次佩服那個老人隱然於檯面下的權力。

請富增開了鎖，走進屋內。

說肚子痛打一一九通報的是權藤本人。當時他真的是直接被送走，所以屋內仍飄散著家裡剛剛還有人在的氣氛。換下的家居服和散亂的床也原封不動。

一股腐葉土般的味道撲鼻而來。古手川立刻認出那是老人味。床、沙發和其他家具家飾全都美輪美奐，但空氣中充斥的老人味毀了室內的氣氛。

錢再多，獨居的孤寂也無可掩飾。即使置身於奢華中仍感到清冷。所謂的有錢有名也得不到溫暖嗎？

「好像沒有打鬥或遭竊的痕跡。」

有如要反芻富增的話一般，古手川也環顧室內。看的是懷疑有犯罪成分時首先該看的一些地方。

然而權藤並非死於外傷，據信是起因於身體內側。相驗的結果沒有外傷，本人通報時也沒有提到入侵者。

「埼玉縣警為什麼會懷疑有犯罪可能？」

精確地說，這其實是浦和醫大的案子而非縣警的，但古手川不打算解釋。

「ＭＲＩ檢查說是肝癌，但專家說發病時間太短了。說肝癌不是那麼單純的病。」

「不考慮個人差異嗎？」

「權藤是個六十八歲的老人。聽說癌細胞在年輕人身上惡化得很快，老人就很慢。所以如果權藤真的是肝癌的話，發病的間隔應該更長，治療期也會很長才對。」

「難不成是懷疑被下了毒？」

「嗯，那也是可能性之一。」

古手川環視床鋪四周，不見常用藥物之類。若權藤有服藥的習慣，那絕不能忽視，但目前應該可以刪除這個可能性。

古手川走向廚房。那裡才是他的重點。

打開廚房所有的抽屜尋找標的物。幾分鐘後找到了，東西在冰箱旁的置物櫃裡。收在最下層的塑膠儲米桶裡。容器是半透明的，所以看得出裡面除了米，沒有別的。

古手川戴上手套小心翼翼地打開蓋子。從上往裡看，裡面是平平無奇的米。他立刻舀起一把放進塑膠袋。

富增責怪他這一連串的行動：

「沒有公文就拿現場的東西，我覺得不太好。」

「事後會歸還的。」

古手川這樣辯解，但就算不歸還也沒有人會申訴。

「……我會當作沒看到。」

「對不起。」

「但是，要是真的有犯罪嫌疑，情報要跟我們共享哦。我們幫了忙，要是被搶了功，就沒臉見署長了。」

古手川在腦海中將富增的話和渡瀨的脾氣放在天秤兩端。渡瀨是個汲汲於破案逮人的人，卻不在意數量。就算把埼玉縣警挖出來的案子送給世田谷署，應該也不會說什麼吧。

「明白了。貴署給了這麼多方便，我也不願意組長傳出惡評。」

話說完，只見富增臉上閃現困惑之色。

原來。

那個上司的風評不可能比現在更差了。

收下權藤家借來的米，第二天鑑識官土屋便帶著樣本來了。

「怎麼樣？」

「驗出來了。」

土屋將裝有樣本的塑膠袋舉到眼睛的高度晃了晃。

「你帶來的樣本以十四比一的比例混了事故米。」

還真的混了。

在調查權藤家的廚房時，古手川試著找秋田縣產的越光米和事故米兩種米，結果只在儲米桶裡找到米。古手川因此推測兩種米是混合之後才給權藤的。當然，進行這種居心不良的混合的，肯定是出雲。

「從事故米裡確實驗出毒物。是黴菌毒素中的黃麴毒素。有致癌性，而且無法被消化所以會在體內累積。」

「太好了。這樣就能以毒殺立案了。」

古手川很起勁，卻見土屋一臉安慰地搖頭。

「高興得太早了。雖然會致癌，但這東西殺不了人的。」

「什麼？」

「黃麴毒素確實會在體內累積，要是每天都吃有可能引發肝癌。但根據數據，一個六十公斤的人每天攝取 0.06 微克（百萬分之一公克），十萬個人裡只有 0.01 人有致癌風險，B型／C型肝炎帶原者則是 0.3 人。」

權藤是B肝帶原者。但就算這樣，誘發肝癌的風險也只有十萬分之 0.3。

「這麼低的機率連未必故意都算不上。就算那個叫出雲的招認他混了毒米，適用的罪狀頂多就是傷害，但就連用傷害起訴只怕也會被法官駁回吧？」

所以是白忙一場嗎？

古手川知道自己整個人洩了氣。

出雲的犯罪本身是可以證實的。但他犯行的結果不到殺人就沒有意義。

即使如此，還是必須通知已得知的事實。

古手川拿起手機，找出浦和醫大法醫學教室的電話。

＊＊＊

「雖說會致癌，但這樣的量真的是連老鼠都殺不死。」

「嗯。鑑識也說每天讓人吃垃圾食物還比較聰明。」

真琴坐在開車的古手川旁邊。這種狀況要是讓凱西看到早就調侃起來，但坐在運屍車上什麼情調氣氛都談不上。

「老實說，這次落空實在有夠大。我本來預期會是毒性更強的東西。」

「可是會累積的毒絕對不能小看啊。米是每天都要吃的，出雲也是因為有殺意才會把事故米混在品牌米裡。」

「有無殺意在認定罪狀上雖然很重要，但相反的就算能證明有殺意，殺害方法太兩光也沒用。就像剛才說的，要讓煩人的老公得癌症，不管是故意把菜做得很鹹，還是讓他吃一堆垃圾食物，都不能算是殺害行為。」

「可是出雲混的是毒米啊。」

「就算是，毒性也弱到不能算殺意，只能算惡意。而且他這個狀況，要是醫學上沒有證明黃麴毒素和肝癌的因果關係，還是很難判他有罪。這種沒有勝算的案子，檢方不可能會起訴的。」

「那，為什麼我們現在還要趕去喪禮會場？」

真琴半取笑地說。載著兩人的運屍車正駛向權藤喪禮的會場。

「別問我。是光崎醫師說不要管什麼黃麴毒素，叫我在屍體被燒掉之前送過去。」

這不用他說真琴也知道。因為光崎對著電話大吼時，自己就站在旁邊。

「我才要問真琴醫師。為什麼在這種狀況下光崎醫師還要解剖？要是不知道的人聽到了，很可能會以為他只是想解剖。」

真琴雖認為才沒有這回事，但也不敢保證。畢竟他們說的是一個不理會案情真相和追緝凶手、只對查明死因有興趣的怪人。

真琴驟然間不安起來。她對光崎百分之百信任，但現在自己和古手川準備做的事顯然越權，一個搞不好就會被家屬告上法院。

「我會不會也被傳染了啊？」

「傳染什麼？」

「我們現在要去搶屍體耶。仔細想想明明是很要不得的事，我卻整個平常心，真討厭這樣的自己。」

「至少不違法。我們都有按規矩辦好手續。就是因為這樣才比預期的晚很多。」

向會場詢問的結果，權藤的遺體預定於下午四點三十分出棺。雖然很想在那之前趕到，結果還是晚了又晚，現在時刻是四點二十五分。

「拜託！讓我趕上。」

古手川又踩了油門。已經超速了，但算一算距離會場還要十分鐘。

遠處終於出現會場的建築了。看樣子是趕上了。

然而，在還剩幾十公尺的地方，真琴他們與對面車道駛來的靈車擦身而過。幾乎與此同時，古手川罵了聲馬的。

「出雲坐在剛才那輛靈車上！」

古手川突然將車子回轉。雖然繫了安全帶，真琴的身體還是大大被推往外側。

「怎麼能讓你跑掉！」

古手川以前傾的姿勢追趕靈車。運屍車雖被指定為緊急車輛，卻沒有警示燈之類的裝備。要攔住開在前方的靈車，只能從超車道追上去並行逼車。古手川一一追過前方車輛，接近靈車。坐在副駕的真琴只能把一雙拳頭握得死緊。

所幸靈車的司機應該是很注重安全駕駛，好像被超車道追來的車嚇了一跳，開始減速。古手川打燈示意，終於讓靈車停在路肩。

「這是做什麼！」

出雲從窗戶探頭，古手川把文件往他面前送。

「鑑定處分許可。權藤要一先生的遺體依許可送往司法解剖。」

3.

權藤的屍體被搶，出雲跳下靈車抗議，但在正式許可面前他無能為力。儘管滿口嚷嚷著憑弔伯父、火化遺體是世上唯一親人的義務，但這對早已聽慣家屬哭罵的古手川一點用處也沒有。

「出雲先生，你作為唯一的親屬，有話要說的心情我能理解。既然如此，最好一吐為快。只不過在大馬路上會妨礙通行，要勞駕你到縣警本部去就是了。」

「縣警本部！別鬧了，人明明就是死於肝癌，為什麼還要我到警察局去？」

出雲臉色頓時變了，而古手川不體諒對方的狼狽就算了，還火上加油。

「一度被判為病死的案子怎麼會開出鑑定處分許可，你不覺得奇怪嗎？」

或許是受不安驅使，出雲對古手川投以猜疑的視線。彷彿是要看清這是單純的問題，還是誘導詢問。

「看樣子你也很感興趣吧。正好，我們也有很多事想請教。出雲先生請和我一起來。」

「要盤問嗎？」

「是啊。當然是任意同行，你也可以拒絕的。只不過……」

「只不過？」

「我們警察就是疑心病重，會奇怪你為什麼拒絕任意同行。於是就懷疑起本來都沒想像過的事。我是很不想這麼說啦，不過如果你問心無愧，沒事做出一些會被懷疑的舉動對你沒有好處只有壞處。」

古手川掂斤兩般瞪著出雲。對方的目光閃爍，實在不像耐得住長時間問話的樣子。這是引他自白的好時機。

「那麼，真琴醫師，遺體會直接送去浦和醫大，再來就麻煩了。」

「古手川先生呢？」

「我來對付活人。我和幾位醫師不同，這方面我擅長多了。」

一被送進偵訊室，出雲便像找地方逃逸的小動物般忙著環顧室內。

休想逃掉——古手川向負責記錄的刑警使了一個眼色，然後坐在出雲對面。

「你把生協買來的東西分給權藤先生對吧？」

「是啊，我伯伯對吃的很挑。他是不吃便利商店便當的。而且到了那個年紀，也懶得特地為了買食材出門。」

「孝心可嘉。那麼，你到底送了什麼食材？請具體說明。」

出雲立刻靜下來。真是個簡單明瞭的嫌犯。要是所有嫌犯都這樣，偵訊就輕鬆了。

「我送了很多，沒有一個個去記。」

「那，我來幫你回憶吧。」

古手川從手邊的檔案夾取出一張紙。是向配送中心要的訂單紀錄一覽。

「就這張一覽表看來，你送給權藤先生的全都是米。這樣你還是想不起來嗎？」

「我可沒那麼小氣，都已經送人了還記得。別看我這樣，我是很大方的。」

「你送了什麼品種米給對吃的很挑剔的權藤先生呢？當然不會是什麼便宜貨吧？」

「秋田產的越光米。」

「哦，不記得送了什麼東西，品種卻記得牢牢的啊。」

雖然是挖苦人，也不忘在話語間令對方動搖。這是向上司學的，站不住腳的人越去搖晃他們就越站不穩。等他們晃暈了，就會把藏在肚子裡的東西全部吐出來。

「你管我。是聽你說我才想起來的。」

「很榮幸能幫上忙。對了，出雲先生，我聽生協那邊說，你每次買越光米的時候都會一起買事故米。那種不適合食用的米你到底都用在什麼地方？就算是當飼料，可是你的住處沒有庭院，也沒有養動物。」

出雲的視線終於從古手川身上離開。

「事故米是我吃的。我做人就是大方嘛。品種米送伯伯，自己就沒了。所以我自己委屈點吃事故米。這是件佳話吧！」

「那不適合食用啊？」

「出口那些米的國家照樣有人當作日常食物在吃。說什麼不適合食用，那是吃飽了撐著的日本人太自以為是。」

「所謂的事故米是保存的過程中發了黴的東西吧？」

「並不是所有的倉庫都把溫濕度管理得很好。就連號稱穀倉地帶的地方，一些變色得一點都不像米的也照樣在賣，照樣有人吃。」

「話是這麼說，可是你是喜歡才吃那種米的嗎？」

「畢竟我現在沒有工作，沒辦法。就是沒辦法。」

「你說權藤先生懶得出去買食材？」

「是啊。他說當議員的時候都是公務車接送，身體就這樣變懶了。所以落選以後也是我載他去醫院。那時候我還有車。」

「那麼，權藤先生是B型肝炎帶原者這件事，你也是聽他本人說的嗎？」

出雲又不作聲了。他是認真以為只要行使緘默權，就能當作藉口嗎？如果是的話，天底下就沒有比他更好處理的嫌犯了。

「那，換個話題好了。從剛才的話聽起來，你對事故米似乎很了解。」

「那當然了，要吃進自己肚子裡的東西啊。」

「就算發了黴也照吃？」

「健康的人吃了不會怎樣。」

「換句話說，你早就知道不健康的人吃了會有問題。」

出雲的表情凝固了。

那是發現自己已掉入陷阱的眼神。

「你早就知道事故米長的黴裡會有黃麴毒素這種毒。」

「我不知道。我完全聽不懂你在說什麼。」

出雲又把臉別開。
「幾年前，三笠食品將事故米轉賣為食用米的事爆發出來。全國的農協和生協為了公告周知，發公文宣導黃麴毒素的危險性。上面明記那是會誘發肝癌的物質。那是你離職前的事，你不可能不知道。」
「不知道的事我就說我不知道啊。」
出雲的語尾在發抖。這個人已經站不穩了，再推一把就會整個垮掉。
「你以為不說話或說你不知道，就逃得掉嗎？」
「你有什麼證據？」
「剛才領走權藤先生遺體的浦和醫大法醫學教室，都是一些擅長跟死人說話的醫生。那些專家平常就愛誇口說活人會說謊，但屍體不會。一旦他們把肚子剖開，再細微的異狀都逃不過他們的法眼。就算是黃麴毒素的殘渣也一樣。」
古手川像堵住出雲退路般逼問：
「你向生協買的事故米啊，我們已經拿到樣本了。既然黃麴毒素是黴菌毒素，當然就能做藥物檢測。萬一從權藤先生體內驗出黃麴毒素，那就是物證。到時候你要怎麼解釋？」

＊＊＊

『出雲招了。』

古手川打電話來時，真琴正要去解剖室。

「發現什麼證據了嗎？」

『證據要等真琴醫師你們幫忙找。』

「怎麼說？」

『我威脅他說司法解剖以後一定會找到讓他逃不掉的證據。本來他就不是什麼膽大包天的人，一旦精神受挫，之後就簡單了。』

根據古手川的說明，似乎是這麼一回事：

落選的權藤某日說身體不舒服住院檢查。是出雲接送他的。檢查結果是B型肝炎帶原，但並沒有發病，因此只要定期健康檢查加上平常小心保養就不至於生大病。

這時，出雲心生一計。讓伯父每天攝取致癌物，是不是就可能使伯父得肝癌？國外就有肝炎帶原者因攝取致癌物質而得癌症的例子。

出雲採用的方法很單純。就只是在生協買來的品種米裡混入事故米轉送給權藤而已。混入時會拆開包裝，為了掩飾，寄出時都會換容器。

『當權藤的親屬只有他自己一個人時一點都不必著急，只要耐心等他老死就行了。』

「所以是有什麼原因讓他著急了？」

『對。過了六十五，權藤突然感到孤單疲累，說想再婚。大概是選舉敗選，身體又不舒服，覺得單身很難熬吧。要是他開始找對象真的再婚，出雲就會失去繼承權。所以他才執行了這次的計畫。』

「可是，就殺人計畫而言，我覺得他的做法很消極。」

『出雲的計畫是讓毒素像砒霜那樣慢慢在體內累積。出雲也沒想到黃麴毒素的致癌性那麼低。不過，無論如何都是未必的故意，這樣能不能拿他立案實在很讓人不安。要是能證明權藤的死和黃麴毒素的因果關係，至少還能起訴。』

所以就輪到真琴他們法醫學教室出場了。

『因為這樣，我很期待。』

「你不覺得有點缺德嗎？期待證明人是被毒死的。」

『我們就是幹這一行的啊。為了逮捕壞人，多少有點缺德是難免的。那，等結果出來再告訴我。』

話都你在講——雖然這麼覺得，但事情的起因是死者的病程太短引起了光崎的興趣。這樣想來，就覺得論我行我素，雙方不相上下。

總之，身為警察能做的古手川都做了。接下來就輪到真琴以法醫學者小嘍囉的身分輔佐光崎執刀。

凱西早就在解剖室裡準備了。或許是真琴想太多，覺得她腳步輕快。大概是壓抑不住久違的解剖的興奮，雖然還不至於滿面喜色，但她一臉如果沒人提醒隨時都會吹起口哨的神情。

不——實際上她的嘴唇真的噘起來了，真琴只好趕快乾咳兩聲。

「怎麼了，真琴？」

「妳好像很開心。」

「Of Course。對自己的工作樂在其中是一定要的。心生排斥會拿不出滿意的表現哦。」

這位副教授的語感到底能不能區分放鬆和休閒，下次有機會真琴一定要問問。

準備完成時，光崎彷彿算準時間般出現。

只見他身穿解剖袍，颯爽而行，那樣子完全感覺不出年紀。明明應該已經看慣了，但每次見到，真琴都覺得自己的背自動挺直。

「那麼現在開始。屍體是六十八歲男性，因肝細胞癌死於醫院。」

光崎的視線鉅細靡遺地掃過屍體的每一個細節。平常不懷好意的雙眼，每當到了看屍體的時候，都帶著澄淨無邪之光。

「體表無外傷無鬱血。屍斑集中於背部，應是在醫院持續仰臥姿勢。開始執刀。手術刀。」

從真琴手中接過手術刀，在屍體胸前劃出Ｙ字。手術刀滑過的地方只冒出了一滴血珠，看起來真的像在畫線。

從兩側打開切口，氣體便從早已開始腐壞的體內逸出。真琴雖戴著口罩，還是下意識地將呼吸放淺。而因為呼吸淺，使聽覺更加敏銳。

解剖室裡只有天花板的日光燈和各種檢查儀器發出聲響。在靜悄悄的空間中，光崎手中的手術刀無聲地切割屍體。就連切除肋骨時，都沒有明顯的聲響。讓真琴充分見識乾淨俐落的動作甚至不會造成無謂的聲響的事實。

無論參與多少次，視線都會被光崎的執刀吸引。正確無比的刀法加上行雲流水的速度，讓人聯想起機械手臂。至於凱西，則是以毫不掩飾的崇拜眼神注視著光崎的動作。
一卸下肋骨，肺便露出來。其中一部分已經變色。顯然是遭到癌細胞侵蝕的痕跡。但範圍很小，看來奪走患者性命的並非此處。
光崎多半也是如此判斷。觀察了短短數秒，似乎便立刻失去興趣。
本來重點就是肝臟。肺部出現的癌症徵兆很可能是從肝臟轉移的。光崎的視線從肺下移至肝臟。
肝臟表面呈顆粒狀。這是整個肝臟被替換為假小葉的狀態。例如酒精性肝硬化時，肝臟會略為肥大，小型的假小葉會被間隔相對較窄的纖維組織包圍，但這具屍體的肝臟還沒有肥大。這是病因並非酒精引起的證據之一。但顆粒狀部分範圍很廣，可見這才是病灶。
「顆粒略大。肝披膜與間質有細胞浸潤。小囊腫集中在下半部。」
光崎持續以不帶感情的聲音低聲說。這些全都被數位錄音機錄下來，但真琴從來沒看過光崎在寫解剖報告時播放錄音。她覺得奇怪問了本人，得到不悅的回答如下：
『要是妳腦子連才剛看過的東西就不記得，根本不適合當學者。』
罵人似的說法雖令人不知所措，但據凱西的解釋，光崎能將看過的東西轉化為影像加以記錄、保存。解剖時的錄音是為了訴訟、確認事實而備，完全是對外的。

光崎的手往肝臟下方滑進去。而當他緩緩掬起時，眼睛微微睜大。是看到前所未見之物而訝異的眼神。

光崎看的是什麼，從真琴所站的位置是死角看不見。但對面的凱西似乎看到了，她也睜大了眼睛。

難道是黃麴毒素作用的部分肉眼可見嗎？對滿心期待因果關係的古手川是再好不過，但不巧的是真琴從沒看過、聽過這種症狀。

「鑷子。」

光崎的語調變了。

真琴背上竄過一陣惡寒。因為輕易不為所動的光崎顯然動搖了。遞鑷子的手不由自主地發抖。

笨蛋，妳抖什麼抖！

光崎將鑷子鑽到肝臟下方，小心翼翼地夾起那個異物。

這是什麼？

真琴出神地看著異物，連呼吸都忘了。對面的凱西也一樣，只見她眼睛睜得老大。

鑷子夾著的東西是胞條蟲。

又軟又肥的囊裡有無數蟲子在蠕動。光看就覺得背上隱隱發癢。將東西放到金屬盆上，便可見其細微的顫動。

「保存起來。」

依照光崎的指示，凱西將東西放進滅菌瓶中。裡面裝滿了生理食鹽水，寄生蟲類能在裡面暫時存活。被移到瓶中的胞條蟲如魚得水般悠然動了起來。

再次覺得那樣子、那形態真是不祥。牠們在生理食鹽水中撓動浮游的情景，再美化都難以說是優雅，根本就很駭人。

「妳對蟲比對人體更有興趣是嗎？」

光崎這句話，終於讓真琴回神。

「不止這些哦。」

光崎的手指潛進肝臟下方，陸續摘出同樣的胞條蟲。滅菌瓶內轉眼就因群蟲變黑。

「寄生蟲都躲在囊泡下面。ＭＲＩ沒檢查出來，應該是寄生蟲本身就小，又與良性囊腫無法區分的關係。腫瘤看起來像是轉移到肺，很可能是囊泡破裂後條蟲散布。」

「教授，這寄生蟲到底是……」

「包生絛蟲。妳好歹在文獻上看過吧？」

一點也沒錯，真琴確實是知道書本上的知識。

包生絛蟲是扁形動物門絛蟲綱多節絛蟲亞綱圓葉目帶絛蟲科胞蟲屬生物的總稱。主要棲息於牧羊地帶，蟲卵混在貓狗或北海道赤狐的糞便中，有時會透過水分、食物補給的過程入侵人體。蟲卵在人體內孵化為幼蟲，主要寄生於肝臟。

「包生絛蟲以肝臟為巢穴，就結果而言會引起肝功能障礙。這多半就是這位患者之所以像是肝癌的原因。」

「可是教授，包生絛蟲病在成年男性的潛伏期長的話有十年到二十年。可是這位患者去年也接受了定期健康檢查。即使ＭＲＩ沒有發現，血清檢查應該也會檢查出來，沒有自覺症狀也很奇怪。」

肝臟腫大時，本人的右上腹便會腹痛。下一階段則是膽管阻塞，皮膚形成黃膽並伴隨著奇癢。實在很難想像臨死前依然沒有自覺症狀。

「北海道以外的地區不會在定期健康檢查做包生絛蟲的血清檢查。再加上這包生絛蟲也有異常增生的可能。這樣就能解釋為何在肝臟腫大之前發病，以及為何不見囊壁石灰化的現象。」

會異常增生的包生絛蟲——這又個特異的假設。真琴並不是不支持光崎的假設，可是這樣就表示權藤體內的包生絛蟲是突變種。權藤到底是何時何地攝取這種蟲卵的？

「驗一下採到的包生絛蟲檢體，馬上就能知道是不是突變種。到時候再下結論也不遲。」

「那麼和黃麴毒素的關係呢？」

「因果關係和對人體的影響根本不用比。要誘發癌症，必須累積多少毒素？我不知道縣警那小子跟妳胡說了什麼，但與死因無關。」

聽到光崎的診斷，古手川會作何感想？他的一縷希望就寄託在司法解剖上，卻要化為泡影了。

另一方面，光崎和凱西不僅不失望，還處於異常亢奮的狀態。光崎是內斂的，而凱西則是外顯的。

「凱西醫師，緊急將這樣本送到國立感染症研究所讓他們分析。」

這也是真琴第一次聽到光崎要委託其他醫療機構分析。不僅真琴沒聽過，這樣的情形恐怕極為罕見，只見凱西也一臉意外地接受了指示。

「OK，Boss。」

「縫合。」

光崎若無其事地開始縫合屍體的肚子。手指的動作看不出絲毫動搖。

但真琴心知肚明。那只是沒有顯露在臉上而已，光崎也和凱西一樣，或甚至比她更提防著什麼。

「真琴醫師，反正妳一定會把解剖結果通知那小子的吧？」

「是的。」

「那妳別用電話，直接把他叫來。」

「可以嗎？」

「既然他那麼想用謀殺來辦這個案子，光聽結果恐怕沒辦法接受。」

4.

「死因不是事故米的毒性嗎？」

一聽光崎說解剖結果，古手川的雙肩便無力垂下。然而，這個人可不會這樣就乖乖死心。

「那，有沒有可能那個包生條蟲什麼的蟲卵是附著在事故米上？」

包生條蟲症在日本的通報病例並不多。包生條蟲本來便生存於北海道等緯度高的地區。若權藤曾涉足該當地區就好了，但卻沒有這樣的旅行紀錄。

或是生存地區如西伯利亞、南美、地中海地區、中東、中亞、非洲等地，這些地方生長的米是否曾進口到日本被當成事故米？——古手川的想法昭然若揭。然而他淡淡的期待也被光崎一刀斬斷。

「雖然也有例外，但絕大多數的寄生蟲都很怕乾燥和紫外線。包生條蟲也一樣。從收割到捆包、長程船運，蟲卵要活過這段期間的可能性很小。別的不說，一個外行人要怎麼看出哪些米上面附著了包生條蟲的蟲卵？滿口蠢話你不累嗎？」

「可是光崎醫師，那個姪兒有殺害權藤的動機啊。」

「不管你有沒有動機，至少肝功能障礙不是事故米引起的。」

「也就是說，出雲混了事故米，和寄生蟲發威這兩件事是碰巧一起發生的？」

「別一下就認定是巧合。調查感染途徑，也許會查出患者曾經吃過進口糧食的可能性。這麼一來，包生條蟲症的感染就會出現必然的可能性。」

「不管是哪一種，出雲都沒有參與喔。」

「你還不死心？這麼不乾脆。這不是謀殺案你就睡不安穩嗎？」

這次古手川真的失望地垂下眼：

「要用謀殺來立案是不可能了。那就只好朝殺人未遂努力……可是教授，既然凶手是寄生蟲，那這起事件就不是我們警察的工作了。」

「你是這麼想的嗎？小子。用毒米來殺人，倒下來的屍體頂多就一具。但如果不是殺人，倒下的屍體可能就不止一、二十具了。這樣你還認為不是你們警察的工作，決定袖手旁觀嗎？你這個微不足道的小公務員。」

「……聽您說得嚴重，可是屍體不止一、二十具是什麼意思？」

光崎的眉毛一下子挑得老高。在他「連這麼簡單的事都不懂」的雷霆之吼劈下來之前，真琴趕緊介入。

「就是大流行啊，古手川先生。」

「大流行……喂喂，那包生條蟲症是傳染病嗎？」

「不，不是傳染病。基本上不會人傳人。問題是感染途徑。」

「麻煩解釋一下。」

「包生條蟲的卵，會混在動物的糞便裡經由某種途徑進入食物或水中，以經口感染寄生在人體中。如果不找出感染途徑，同樣的犧牲者就會一再出現。」

這下古手川的神情也鄭重起來了。

「而且用不著看這次的例子，想也知道在宿主尚未有自覺症狀的情況下短時間內就發威，死亡率就會爆增。你要知道，這連ＭＲＩ都檢查不出來。沒有自覺症狀，檢查也查不出來，要預防會有多麼困難。根本無從預防。」

「難道一點辦法都沒有嗎？」

「還是有的。可以檢驗血清中的包生條蟲抗體。可是，考慮到醫療設施的規模，要向全國人民進行這個檢查近乎不可能。而且如果現在這個包生條蟲是突變種的話，檢查也很可能沒有意義。」

這麼一大串說下來，古手川似乎被真琴的氣勢壓倒了。

「或許這確實不是古手川先生的搜查一課的工作。可是，犧牲者會比單一起犯罪案多得多。而且比諾羅病毒和禽流感更嚴重。」

而當疫情爆發，便會超出公共衛生單位的量能，必須出動警察，搞不好甚至要派遣自衛隊。

或許是明白了事情的重大，古手川苦惱地搔頭：

「我明白了，真琴醫師。可是啊，就像我剛才說的，凶手是寄生蟲的話，搜查一課就無用武之地。縱使預期到時會需要警力，小小一個刑警能做的……」

話還沒說完，真琴一直擔心的光崎的雷霆之吼劈下來了。

「從剛才聽你說的，就一直拿管區、權限當作逃避的藉口。你到底有沒有身為公僕的自覺？不特定多數的一般民眾就要曝露在危險當中，卻還事不關己，是何居心？」

「可是教授，我又沒辦法幫忙做檢查啊。」

「誰要你當衛生所職員了？警察有警察能做的事。你去把那個叫權藤還是什麼的行動全部給我查清楚。包括出入境在內的旅行紀錄和宴會餐會的出席紀錄。聽說他當過幾年議員，任期中參加過的活動全部給我列出清單。用這份清單來查感染源。」

「……這的確是我也能做的事，可是我手上也還有其他重大案件。」

「你要是對工作的優先順序有疑問，就去跟你那個傲岸不群的上司報告事情的因果。他至少比你懂得大局。要是這樣還不肯幫忙，那就做好心理準備，以後縣警的解剖浦和醫大法醫學教室一概不接。」

法醫學教室的司法解剖並非義務，而是建立在委託和受託的信賴關係上。因此解剖以受託方的光崎占壓倒性的優勢。

「怎麼這麼狠。」

古手川朝真琴拋出了求取同情般的視線。真琴當然不敢當場對光崎舉反旗，以她的立場也不能。於是真琴在心中默默合十，別過臉不去看古手川。

「明白了就快去做自己的工作！」

活像被光崎攆出門的古手川離開了法醫學教室。

向古手川解釋了大流行的真琴，對自己口中說出的可能再度感到不安。正如光崎所擔憂的，萬一產生了大量突變的包生絛蟲，以目前的防疫體制是擋不住大流行的。感染後雖然不會人傳人，但罹患者幾乎沒有治癒的希望。就算災情不會擴大，但若出現大量死者，結果也一樣。

既沒有預防之策，治療方法也很有限。首先能想到的便是以手術清除包生條蟲，但這在發現臨床症狀時便已經太遲了。有時因囊泡的位置和患者的體力，也會難以進行手術。

另一個方法是化學療法，有一種名為阿苯達唑的內服藥，日本也已於一九九四年核准使用，但這種藥物是針對現有的包生條蟲，對突變後的包生條蟲有多少效用則未知。

「凱西醫師，感染症研究所還沒有報告嗎？」

「昨天傍晚送樣本過去，現在才剛送到。」

「叫他們趕快分析。不得已就多少恐嚇一下。」

光崎的語氣很沉著，但指示的內容本身卻充滿焦躁。

「我現在要去找校長。凱西醫師和真琴醫師，把解剖結果傳給各醫療機構，以便資訊共享。」

交代完，光崎便走出教室。

「老闆找校長有什麼事啊？」

就真琴想得到的範圍內，答案只有一個。

「會不會是先去打點好，要浦和醫大發表聲明說有人死於包生條蟲症？」
聽到這個回答，凱西嘆著氣搖頭：
「我到現在還是無法理解大學組織的權力平衡。根本不必用浦和醫大的名字，只要提起光崎教授，全日本的醫師和醫療機構就會聽了啊。」
組織大於個人，頭銜大於實力。是很悲哀，卻是學術界的現實。
這一年多來目睹光崎卓越的知識與技術的同時，真琴也將他如何缺乏政治手腕看在眼裡。就算有人望，只有愛權重權的人才能站在頂點行權。而像光崎對權力這麼沒有自覺的人非常罕見。
孤高自清，遠離校內權力鬥爭，得以埋頭於自己的研究，這雖是學術人士的理想，但反過來卻有讓世界變小的傾向。在大學裡，孤高與孤立幾乎是同義詞。被學生敬而遠之、只會吃預算又無法對提升大學地位有所貢獻的法醫學教室更是如此。光崎得到了學究之輩心目中理想的位置，同時卻也使得那裡成為無法發揮政治力的地方。若要專心致志朝解剖邁進是再好不過，但像這次要舉旗號召時，所處的位置就太偏僻了。旗子要豎在位於中央的高處才有用。
「光崎教授對政治不怎麼關心，偏偏這一次就吃虧在這裡。」

「發信遠比警告的內容還重要，這在哪個國家都一樣。而發揮政治力量的，幾乎都不見得是專家。」

真琴忽然想起古手川的話。

『凶手是寄生蟲，我們搜查一課就管不上了。』

這在光崎不也一樣嗎？面對屍體時的光崎堪稱無敵。沒有人比他更能與屍體對話、理解屍體。然而，當對象換成寄生蟲就是另一回事了。面對在活體內蠢動的寄生蟲，光崎既沒有殺死牠們的手段，也沒有讓牠們排出來的方法，無以為戰。

「凱西醫師，難道光崎教授他……」

「是啊，Boss早就料到這件事對自己不利。也是因為這樣，才會去進行平常討厭的談判。為了打倒包生條蟲，老闆大概準備拋下自尊了。」

兩天後，南条再訪法醫學教室。這次似乎是光崎找他來的，卻仍讓客人等，實在很像光崎會做的事。真琴提心吊膽，擔心南条不知何時會發火，但她也只看過南条和光崎鬥嘴的場面。

「哦！這麼說，致權藤於死的是寄生蟲啊，而且偏偏是包生條蟲。那個人還真是選了個特異的死法。」

「畢竟包生條蟲症的死亡例極少。以你貧乏的見聞也難怪想不到。」

「不過，沒有自覺症狀這一點倒是令人不解。該不會是突變種？」

「我已經向感染症研究所提出樣本了。」

「結果呢？」

「今天早上報告來了。確定就是突變種。」

真琴她們也被告知了來自國立感染症研究所的報告內容。一如光崎所料是突變種，但突變的性質卻超乎預料。

「你知道包生條蟲症潛伏期很長吧。」

「因為從卵發育為幼蟲的時間很久。」

「這個突變種從卵發育為幼蟲的期間和一般的包生條蟲沒有兩樣，但特徵是一變成幼蟲就立刻會造成肝功能障礙。」

「哼，難不成你是要說會大吃肝臟細胞嗎？」

「這是一點，但不止這一點。看樣子，這幼蟲還會釋放某種毒素。」

南条的眉毛抖了一下：

「這就是直接死因嗎？」

「還不能斷定。在感染症研究所的實驗中會對活體肝臟造成一些刺激，但具體上如何作用還是不清楚。光是分析毒素恐怕就要等相當久。」

「你對突變的原因有譜了嗎？……不，毒素都還沒有分析，要期待這個太強人所難了。」

「外在環境的變化會使生物進化。只要寄生蟲是生物，就不脫這個道理。感染症研究所就算正式公布，只怕也是著落在這一點。」

「封閉的威權只會打安全牌，是嗎。總之你已經找出權藤的死因，所以來找你是對的。」

「既然你這麼想，這次就換你出力。」

「我就知道。反正你是打定主意要推我當發言人對吧？」

「聰明。」

「你看得起我的，也就只有這一點了。但浦和醫大會答應嗎？我聽說你們校長其實是個利欲薰心、精於計算的人物。」

南条的一些話，讓在一旁聆聽兩人談話的真琴坐立難安。

光崎一報告包生絛蟲症一事，校長固然驚訝，卻對以浦和醫大的名義發表裹足不前。理由如下：

盤踞患者體內的包生絛蟲為突變種是前所未見的案例。

就算包生絛蟲的突變種真的存在，也不能證明其為直接造成肝功能障礙的原因。

因此，此時要公開發表包生絛蟲症的發生為時尚早，若公開可能徒然引起社會混亂而已。

聽起來冠冕堂皇，但也有很多地方令人無法苟同。即使機率微小，既然已確認其危險性就應該公開呼籲民眾小心防範，而突變種的存在與肝功能障礙的因果關係又是另一個問題。

「哼。原來是朝那個方向計算去了。就是那個嘛，開肚的，你就是不耐煩當窗口對吧。像這種場合，資訊情報是容易集中在最先出頭的地方，但相反的一些不必要的責任也會壓上來。人手不足忙得昏頭轉向的地方醫大，不想再增加更多雜務影響大學和醫院的業務……就是這樣吧？」

「我哪管這麼多。但既然校長不管用，就只好用其他愛出鋒頭的。」

「所以那個愛出鋒頭的就是我？」

「還有別的事也要你做。」

「真會使喚人。哪天會被你這裡的職員捅一刀。」

「在喚起各醫療機構注意的同時，也必須找出潛在的包生條蟲症患者。」

「沒有自覺症狀，MRI也查不出來啊？」

「還是可以從肝臟異常的患者裡去找。在慣常的檢查項目裡加上血清檢查。」

「費用從哪裡來？」

「患者也好、醫院也好、國家也好，這種枝微末節的小事不重要。」

「這確實很像你會說的話，但實際執行可不能這樣。當你擔憂的事變成現實時，安全網不夠周全結果反而可能會造成混亂。」

「所以就是叫你做這些煩雜的工作。有你和城都大的名聲，應該可以搞定吧？」

「你這人實在很過分。」

「你今天才知道嗎？」

兩位老教授互瞪一眼，但隨即便嘖舌別過臉。

「你剛才說的是要關掉水龍頭。但你應該不至於認為這樣就能抵擋大流行吧？」

「找出源頭加以剷除。這次死亡的患者是在哪裡、什麼狀況吃下包生條蟲蟲卵的，我已經要警方的小嘍囉去查了。」

「有用嗎？」

「東西要看人怎麼用。」

聽到警察被說得這麼不堪，真琴不禁心生同情。唯一慶幸的是古手川不在場。但就算警察也在，這兩個老人肯定也不會客氣。

但光崎所說的內容在防疫上並沒有錯。只要包生條蟲是寄生蟲，直接的對策便是找出成為傳播媒介的動物並與人類隔離。而只要知道包生條蟲的棲息地，廣用驅蟲藥即可。

「身為臨床醫師，有必要找出根治治療的方法。有沒有什麼法醫學上的建議？」

「幼蟲細小，以攝像診斷難以與囊腫區分。光ＭＲＩ是不夠的，最好是在孵化為幼蟲之前便去除。」

「用藥打掉蟲卵嗎？」

「感染症研究所的報告並沒有提到阿苯達唑的有效性。大概是還沒有檢查到除蟲這一步。要等報告了。」

「能給我們樣本和報告嗎？」

「我會讓你優先收到。」

於是意見交流結束了。或許是沒有閒聊的興致，只見南条匆匆離席。光崎也沒有要留人的樣子。正想著原來老交情在來往時反而不會拖泥帶水，南条卻在要走出教室之際回頭。

「沒想到竟然淪落到要跟你共事。人還是要活久一點才好。」

「我可不想活成老不死。」

南条嘻嘻笑著走了。

這兩人不管自己想不想，一定都會長命百歲——真琴心想。

不然多沒意思。

「真琴醫師，妳在傻笑什麼。用那個小子找來的資料尋找感染源的工作不是派給妳了嗎？」

丟下這句話，光崎又匆匆走出了教室。

「教授這次的氣氛好像和平常不太一樣。」

真琴自言自語般喃喃地說，一直不發一語的凱西回應了：

「哪裡不一樣？」

「妳不覺得好像有點不知所措嗎？雖然還是一樣沉著冷靜，可是有時候看起來好像是摸索著行動。」

「那是當然的呀，真琴。」

凱西面帶憂鬱地說。

「至今教授面對的都是屍體，面對活著的患者一定不習慣的。以日語說就是主場不同吧。」

Chapter 2

蟲之毒

1.

看不出南条這個人動作很快，與光崎見過面的第二天就在城都大教授會議上提出這件事。

九月一日，城都大召開記者會，正式公布出現了死因疑似包生條蟲症的死者。動作快也不忘慎重的南条保守指出無法斷定死因為包生條蟲症，只是極為可能。

不能否認，這般慎重使危急感大減。包生條蟲症這個詞不為大眾所熟悉也是原因之一，但會後也不見有多少記者追問。

「總覺得看得我好心急。」

在法醫學教室看新聞的真琴壓抑不了著急的心情。因為是網路新聞，也能即時看到觀眾的反應。而且反應不多，可以一條條看。

『包生蟲症？』

『吼，臨時召開記者會還以為是什麼大消息，結果竟然是蟲。』

『城都大到底想幹嘛?製造恐慌?』

『這不會傳染嘛!那就還好啊。』

「妳看嘛,這麼不在乎。虧南条教授還出動了城都大。」

結果同樣看著新聞的凱西一臉意外地說:

「真琴要這個國家的人陷入恐慌才開心嗎?」

「我又沒有這麼說。」

「我反而放心了呢。因為包生條蟲的存在並不普遍。發表了有確診者死亡,群眾卻不為所動,這樣反而有利。就不會有引起民眾恐慌和地方政府亂糟糟的反應來礙事。」

「既然這樣,為什麼不等問題解決了再公開?」

「那樣會很難得到醫療機構的協助。我們 Boss 雖然是法醫學界的權威,但這次也需要活體的資訊。有城都大幫忙發新聞,臨床那邊有情況也才會向上報。」

真琴回想幾天前光崎與南条在這裡的對話。旁人聽來似乎只是鬥嘴,但原來已經把凱西所說的都考慮在內了嗎?若真是這樣,那兩位果真是千年老狐狸。

「而且,這類報告越早越好。等事情嚴重再公開,就會有人無法做出正確的判斷。趁著還沒有發生大規模的恐慌,公開最起碼的必要資訊。這並不是想做就做得到的。這一點，Boss和南条教授就示範了精彩的合作。」

這一點真琴也同意。感染症、醫療過失、新藥的副作用，儘管這些對一般民眾和患者才是最重要的，資訊卻總是最後才傳到末端。

原因很多。垂直行政的弊端、官方單位的地盤意識、醫療體制的威權主義與不負責任。只是，吃虧的總是患者。

「像這種時候，日本就很糟。」

「沒這回事。這類資訊公開速度緩慢，在美國也一樣。他們沒有官僚主義卻是功利主義掛帥。就是有一群混蛋把疫情當作商機。」

凱西深深皺眉。她在哥倫比亞大學時或許也見識過類似的事吧。

「可是凱西醫師，只透過媒體公開，會有人報告嗎？」

「怎麼這麼洩氣。」

「因為，光崎教授叫我們向全國醫療單位洽詢都四天了。不要說提問，連一則誤報都沒有。」

「是才四天。」

凱西搖搖食指糾正。

「不管面對的是活人還是死人，醫生的工作都非常繁重，這個真琴也很清楚。所謂的洽詢也不是直接見面用說的。我們只是把電子郵件一起發出去而已，這樣妳就以為反應會立刻像雪片一樣紛紛飛來嗎？」

「我沒有那樣想……」

「無論如何，要是有洽詢或病例報告排山倒海而來，事情就嚴重了。像現在這樣沒有反應，就代表包生絛蟲引起的問題還沒有表面化。要根絕問題，早期處理是最為有效的。」

凱西說的是正理，真琴沒有反駁的餘地。她也不想爭論，正準備結束話題時，凱西卻早一步開口：

「想及早解決問題、想要事情快速進展，真琴這些地方跟古手川刑警一模一樣呢。」

「我不覺得啊。」

「男女朋友果然會越來越像喔？」

真琴差點嗆到：

「妳到底是怎麼看的才會做出這種解釋？」

「不需要細緻的觀察力和深湛的洞察力就可以呢。」

再跟她扯下去只怕不可收拾。必須儘快結束這個話題——才這樣想，最不希望此刻出現的人便翩然打開教室的門。

「大家好。」

「Oh！古手川刑警，你來得正好。」

「我怎麼了嗎？」

真琴一眼瞪過去，制止了一臉喜色要跟古手川說話的凱西。

「沒事！倒是古手川先生有什麼事？」

「這樣問就太過分了。我是來報告光崎醫師交代的工作的。就是他要我查出權藤生前所有行動的那個強人所難的交代。那時候真琴醫師也在場，也都聽到了吧？」

「查出來了？」

「我先查了有官方紀錄的。當然也必須查非官方的活動，不過我早就料到那邊的會很花時間。」

「那發個信或打電話就可以了呀？何必特地跑一趟？」

「我說呢，」

古手川一臉半生氣、半困擾的神色。

「發信要先打字很花時間，要是打電話口頭報告又會被光崎醫師罵我工作偷懶。如果真琴醫師再嫌我跑來，我真的不知道該怎麼辦了。」

「對不起，是我失言了。不過，打電話報告就被說成偷懶究竟是？」

「有些事與其一一說明，不如直接看比較快。」

古手川從手上的包包裡取出一個檔案夾。

「這是什麼？」

「都議會保管的權藤前議員的收支報告。」

真琴看了檔案的第一頁，是印有「樣式第八號（五条關係）平成二十二年（二〇一〇年）度政務活動收支報告」的封面。

『東京都議會議長　田上邦照先生

姓名　權藤要一

茲依東京都政務活動費交付之相關規定，提出平成二十二年度政務活動費收支報告如附件。』

「沒有什麼把權藤當議員時的行動全部羅列出來的一覽表。都議會議員沒有配秘書，權藤本人也沒有留下紀錄。不過議員每次出席活動都會用到經費。執行經費當然會列入收支報告書裡。所以只要從執行經費的內容去查，就能查出權藤出席過的活動。」

所以說先查有官方紀錄的，指的就是這個啊。

第一頁是收入與支出的總額與項目。

第二頁是主要支出的細項。

「項目雖然列了一堆，不過應該注意的就調查研究費、研修費、公關費這三個吧。尤其是研修費。」

「可是，從這個看起來，研修費的支出是八五萬二二〇〇圓不是嗎？公關費九五萬八五五〇圓，更多呀？」

「因為刊登廣告很花錢啊。不過重點不是金額。妳看會計帳。上面詳細記載了研修地點和受邀的活動。」

真琴依言翻到下一頁，果然出現了一大堆活動和宴會。

•〇〇美術館視察

•區立圖書館落成典禮

•區立小學運動會

●都立高中開學典禮
●豐洲環境評估
●國民黨都議連祝賀會——
「每個星期都會參加一次集會呢。古手川先生，議員都這麼忙嗎？」
「除了這些還有婚喪喜慶，一些重關係的議員也會勤跑這些。事關下一次的選票嘛。」
「總不會選區內的每一場葬禮都出席吧？」
「是不至於。有些地方應該只是致電送禮而已，但不管有沒有出席都必須向喪主或出席者確認。」
古手川厭倦地說：
「還有出國紀錄也很多。每年為研修出國三次。地點也很分散，歐美、東南亞都有。而且收支報告裡只記載跟工作相關的，加上私人行程和渡假，次數會更多。」
聽著聽著，真琴也能夠明白古手川為何厭倦了。出席的活動、旅行次數多，就意味著與人的接觸多。雖然是為了列出包生條蟲症的感染源，但調查對象也太多了。
「視察啦研修這些跟議會有關的都有日程表，也知道去過哪些地方。麻煩的是私人旅行，這個就必須去問旅行社。問得到的還好，要是沒有請導遊的，就得從機場和飯店去查了。」

「……這些，古手川先生要一個人查嗎？」

「光崎醫師好像是去逼縣警本部。說為了找出包生條蟲症的感染源，想要一個幫自己辦事的刑警，要借一個年輕有活力的。」

「所以你就被指派成專屬的了？」

「平常要辦的案子當然也要照辦，我上司又不會考慮到工作量什麼的，反正就是被當狗一樣使喚。」

他顯然就是一副很想鬧脾氣卻硬忍的樣子。就連真琴也覺得他很可憐。

「可是光崎教授不會把工作派給做不到的人。我想他一定是認為就算是難題，古手川先生也一定可以辦到才指名你的。」

「是嗎？」

古手川正露出一絲笑容的時候，凱西不出所料地插進來：

「可是考慮到 Boss 的個性，我覺得只要是年輕有活力、再難的事都肯認命去辦的人，誰來都可以。」

真琴心想，難道沒有什麼好辦法能堵住這個副教授的嘴嗎？

原本疲累的神色又重回古手川臉上，他繼續發牢騷：

「並不是只要查完權藤的行動就好。接著還要列出他出席的活動的所有人。到了那個階段就要請救兵，可是到底要去哪裡找人啊？」

「我不是要給你打預防針，不過我們法醫學教室也忙不過來。」

凱西的語氣淡然得幾乎無情。

「我和真琴要等各醫療院所的報告，同時還要收集肝癌和肺癌患者的病例。古手川刑警應該可以理解這數量有多龐大吧？」

「凱西醫師，妳說的是首都圈內的吧？」

「No。Boss 要的是全國的病例。因為有權藤前議員發病的例子，才把範圍訂在今年以內，但這樣要求滴水不漏的 Boss 還是不滿意。」

「可是這次的包生絛蟲症不是連ＭＲＩ都照不出來嗎？那種的，光看病例看得出來嗎？」

「我們 Boss 應該可以。畢竟是他自己要求的。」

古手川懷疑地朝這邊看，真琴也不敢輕易點頭。凱西把光崎當神崇拜，才會有信徒特有的樂觀，不巧的是真琴還不夠虔誠，不得不謹慎一些。

「先不管看不看得出來，我認為先把資料收集起來是最好的。包生絛蟲的病例越多，能夠歸納出的條件也越多，所以分母越大越好。」

「是啊，這倒是一點也沒錯。才死了權藤一個人，資訊實在不夠。要是同樣的方式再死個一、兩個……」

大概是發現這話很不應該，古手川說到一半就停下來。

「樣本的確是越多才能越快找到感染源。不過，古手川刑警也是無法忍耐的體質耶。簡直跟某處的某人一模一樣。」

「嗯？某處的某人是誰啊？」

真琴趕緊一肘子捅過去，凱西雖然還是賊笑，好歹住嘴了。

「對了，凱西醫師，收集肝癌和肺癌患者的資料很順利嗎？」

「何止順利，簡直驚濤駭浪般湧進來。一天發現的就有二、三十大疊。而且我們只是收集而已，Boss 還一個一個看。所以我們不能 give up。」

凱西說的沒錯，光崎在處理完講課等日常業務後，便關在法醫學教室裡看收集來的病例。凱西和真琴回家後也一直留在教室裡。真琴一直以為光崎只對屍體有興趣，如今看他為了找出感染源如此賣力，只能說很意外。

「看Boss這樣，我對Boss只有滿心敬畏。」

凱西感動萬分地說。自己一定是一臉不可思議吧，只見凱西面向這邊，說了這番話：

「我個人偏愛屍體，但Boss卻是將『希波克拉底的誓言』遵守到克己禁欲的地步。『凡入人家，必全心以病家為念，絕無任何危害妄為之意圖』。Boss現在是想用權藤這名死者留下來的線索，來拯救還不知道在哪裡的不特定多數患者。」

真琴她們開始收集資料的第五天，事情才有了進展。

「妳們兩個都過來一下。」

光崎從教室一角喊人，真琴和凱西便起身過去。

光崎專注看的是收集而來的其中一個病例。

「妳們覺得呢？」

患者名叫蓑輪義純，六十歲。九月三日，也就是兩天前，被緊急送往熊谷南醫院。現正治療中，但病歷指出有肝癌的可能。

「您是說這是包生絛蟲症患者嗎？可是沒有看到根據呀？」

「被緊急送醫之前，突然喊痛。去年做的定期健檢也沒有發現任何肝癌的徵兆。」

這和權藤一樣。但附件ＭＲＩ影像依舊沒有包生絛蟲的囊泡。光靠這項共通點就斷定蓑輪某人是包生絛蟲症，根據實在太薄弱了。

「我想現在馬上看這位患者。」

真琴不禁問道：

「教授，這是還在世的患者呀？」

「不管是死是活，不看怎麼知道。」

「幸好熊谷南不遠，運送本身不是問題，可是……如果是要動手術，除了本人或家屬的同意，也必須有該醫院和主治醫師的同意。」

只見光崎像是要強調他的不悅般瞪大了眼睛：

「妳以為這些我都沒想到嗎？」

「不是的，那個……」

「本人和家屬不答應就去說服主治醫師。主治醫師不答應就去說服院長。再不行，就找城都大介入。」

真琴越聽越不安：

「要是那也不行的話，怎麼辦？」

「不行就沒辦法了。只好跳過麻煩的手續直接把患者帶來。」

「那就成了綁架了！」

「本來就是只要本人答應就好。真琴醫師也應該習慣怎麼談判了吧？」說得好像搶患者的談判是在法醫學教室上班的必備能力一樣。而真琴又對馬上就不認為這有什麼不對的自己生起氣來。

「無論如何，我想知道患者的現狀。快去。」

真琴還在猶豫，凱西就已經伸手去拿桌上的市話機了。縣內主要醫院的電話全都登錄為快速鍵。

「Hello，我是浦和醫大法醫學教室的凱西・潘道頓。是這樣的，我有關於貴院住院患者的事情想請教。」

明明接下來要做的不止是巧取已經形同豪奪了，凱西還是不露一絲動搖，甚至愉快地與對方交談。如果是以前，真琴一定會傻眼，試圖阻止光崎和她亂來，但那也是過去的事了。習於強硬與獨善的職業倫理只為她帶來了認命看開。

「是的，就是九月三日緊急送醫的患者，名叫蓑輪義純。……Yes。我們剛接獲那位患者的資料……是？……Oh！那真是……解剖呢？……Yes。Thank you。」

凱西掛了電話，眼神不太平靜：

「教授，患者昨晚去世了。」

「死因呢？」

「癌症惡化引起的肝衰竭。」

「動手術了嗎？」

「沒有，病情急劇惡化，還在準備開刀便死亡了。」

「做病理解剖了嗎？」

「還在勸家屬。」

「又回到白紙狀態了嗎？」

光崎的視線回到蓑輪的病例上，有所領悟般點頭。

「真琴醫師，妳能不能馬上去熊谷一趟？家屬還在，應該更容易談。患者已經死亡，法醫學者就可以大大方方地進去。」

家屬正傷心難過，還有什麼大不大方的。殯葬業者或和尚法師人家還比較歡迎吧。

真琴還在為與剛才不同的理由猶豫時，凱西從旁發話：

「我也一起去。要是來了一大群家屬，真琴一個人一定會很不安。」

「好，拜託了。醫院那邊我這就去說。」

真琴她們的親自談判與光崎的出面協調。如此雙管齊下，不用說，自然是為了在火化前保住遺體。而且不知何時起，由真琴出馬已成了定例。

然而，由不得真琴拒絕。要是全權交由凱西去交涉，最後極有可能引起不必要的糾紛。為防止這樣的情形，只好由真琴出面——。

被設計了。

這一定是凱西的陰謀。要是凱西單獨行動，真琴就不得不同行。凱西就是料定了這樣才自告奮勇的。

狠狠一眼瞪過去，只見凱西朝她淘氣地眨了眨眼。

「為什麼非要解剖我先生不可？」

前往熊谷南醫院的真琴和凱西，剛抵達便立刻惹怒了未亡人。

不，在那之前，光崎的協調便已告終，院方的態度也是奇差無比。送走蓑輪的值班男醫師姓仲井，對光崎越過自己與院長交涉似乎非常不滿。

「就算是法醫學權威，也要講道理吧。本來應該由我們做的病理解剖，竟然殺出來硬搶，到底存的是什麼心？」

仲井的眉毛神經質地抽動著。

「所以就像我們洽詢的信上面寫的，死於肝癌的患者有包生條蟲症的嫌疑。」

「那封信我也看了，還有城都大的記者會。」

「那麼，您應該可以了解吧？」

「不，我不了解。」

仲井毫不掩飾他的敵意。只是，還不知道他的敵意是針對感染源還是針對光崎個人。

「身為值班醫師我有話要說。患者被送進來的時候，就已經做過各種檢查，包括MRI在內。完全沒看到妳們所說的包生條蟲的影子。這樣浦和醫大還爭著要做病理解剖，已經不止是失禮而是蠻橫了，難道不是嗎？」

這種話心裡想也就罷了，竟然還真的說出來？

「那是突變種，很有可能還在MRI也看不出來的囊泡階段就釋出毒性。」

「連ＭＲＩ都照不出來的囊泡，妳們哪裡的醫師就看得出來？哼，不但蠻橫還兼傲慢。我不知道他在法醫學界有多權威，就是有醫師痛恨那種老賊。別以為人人都吃他那一套。」

光崎被不少同行討厭並不是從今天才開始的。真琴被派到法醫學教室時就已有所耳聞。

這樣的情形想必不僅限於醫療界，凡是有權威的世界便存在階級。所謂的階級，同時也是君子的種姓制度。乖乖服從就大致安全，也不會產生風波。然而，只要無視自己的立場舉止桀驁不遜，當然就會遭到習於階級的人反彈。

問題就是像光崎這樣，即使遭到反彈仍以實力讓人閉嘴的人。有人對這樣的存在大呼痛快，但更加嫉妒、厭惡者則不止兩倍。無理到極點有理的便會讓路，但被迫讓路的一方難以忍受，認為自己的威信和尊嚴遭到踐踏而心生怨恨。仲井恐怕就是其中之一。

「法醫學教室處理的是死因不明的屍體，而且是檢視官認定有犯罪可能的案子吧。蓑輪先生的情況完全不在內。症狀是肝癌無疑，我也從來沒聽過見過偽裝成肝癌殺人的。別的不說，為什麼是法醫學教室在查寄生蟲的感染源？各有各的領域好嗎？」

看著以敵視的眼神看著自己的仲井，真琴不禁感到「希波克拉底的誓言」好空虛。

斯界權威、階級、自己的威信、領域。這些算什麼？難道比患者的生命和健康來得重要嗎？

「遺體不是醫院所有的。」

真琴放棄說服仲井，開始反擊。

「醫師和醫院或許有所不滿，但只要家屬答應解剖就沒有問題吧？」

仲井似乎詞窮了。別理他了——真琴面向未亡人。

才剛失去丈夫的蓑輪福美大概是還沒有整理好心情，臉色不太好，始終一副惶惶不安的樣子。

但還是需要她的同意。

「您先生才剛去世，您一定很難過，但請聽我說。您先生雖然被診斷為肝癌，但有可能是寄生蟲造成的疾病。為了不出現下一個被害者，請您同意解剖……」

「我拒絕。」

還沒聽完福美便回答了。

「不管是癌症還是寄生蟲，都無法改變我先生病死的事實。他半夜突然痛起來，被送到這裡的時候就非常痛苦了。我不想再讓我先生更痛。對不起，妳們請回吧。」

「可是……」

「妳還年輕，曾經失去過先生或戀人嗎？等妳站在那樣的立場，就會知道妳現在說的話有多殘酷。」

「解剖若發現包生條蟲，會讓您先生的死有意義。」

「那也是妳站在醫生的立場才會這麼說吧。意義？別鬧了。死因既然是癌症，那就癌症吧。」

根本無從說服起。

真琴無言以對。

2.

「所以妳就悶著頭被趕回來了？」

來到縣警刑事部的真琴，心想至少也要頂古手川幾句。

「可是，被人家說等妳死了丈夫再說，我又能怎樣？」

「是沒錯啦。跟她說查明死因可以幫助別人，被回一句跟我無關就接不下去了。」

古手川這麼說，然後搔搔頭。

「請凱西醫師接棒……也不行。讓她在那種狀況下開口，可能更火上加油。」

「這方面凱西醫師也有自覺。不過在回程的車上，我就聽她對日本人的宗教觀發了一大頓牢騷。」

「牢騷喔。我倒是覺得不願意讓家屬解剖，是日本人普遍的情感，並不是來自思想信念或宗教信仰。應該不算宗教戒律，比較接近生死觀吧。」

真琴也有同感。大多數的日本人並沒有明確的宗教觀，也沒有宗教方面的禁忌。只不過對於惡搞路邊的地藏會有罪惡感。對遺體的情感便類似於此，算是懷抱著不同於宗教觀點的虔敬吧。

「如果那位先生或太太有特定的宗教信仰就另當別論。」

「中世紀的基督教和回教相信肉體會復活，所以不願意損傷遺體。可是現代根本就沒有了，頂多是可疑的新興宗教禁輸血、視解剖為禁忌而已。」

「那就更難了。如果是基於特定理由拒絕解剖，只要搜集否決那項理由的材料就行了。可是沒有特定理由要進攻也不知道怎麼攻啊。」

「有一個辦法。」

真琴探身過來。

「如果是犯罪調查的話。」

「妳饒了我吧！」

古手川受夠了般搖頭。

「之前不也都強行搜查了嗎？」

「那些全都是光崎醫師指示的。我們沒事才不會介入別的署的案子，也不會無視家屬的意願。之前之所以強行搜查，也都是因為多少有犯罪可能……」

「有犯罪可能？」

「因為光崎醫師的看法，或說直覺都是對的。」

「這次也一樣。光崎教授懷疑蓑輪先生的死因。犯罪可能，重新調查的話也許就能查出來。」

占手川低聲呻吟：

「雖然說在那位醫師底下工作，而且又有那個熱愛屍體的副教授，多少被同化也不奇怪，可是我覺得真琴醫師的光崎化超乎預期。」

「拜託不要。我是很尊敬教授，但我可不想學他的強硬和傲慢。」

「妳現在就夠強硬了。雖然說去查或許會發現犯罪可能，可是要是這種做法成了標準，以後在醫院的死亡全都會變成調查對象。」

「我有根據。」

「例如？」

「我和蓑輪太太談的時候覺得不太對。她的服裝儀容太完整了。」

「咦？」

「穿的是無懈可擊的外出服。我聽護理師說，患者被送去的時候她穿著本來的衣服。她在蓑輪先生過世以後回家過一次，再回醫院的時候換的。」

「從頭到尾穿著原來的衣服才怪吧？」

「可是落差也太大了。嘴裡說得好像很愛先生，人一走就在自己的打扮上用心，不太對吧？」

「那要看人吧。而且，仔細想想，那等於是真琴醫師自己的直覺。」

「也許是，可是除了警方介入，沒有別的辦法了。」

「警方才不會因為一般市民的直覺出動。」

「最先說的是光崎教授呀！這樣你們也不出動嗎？過去明明立了那麼多功。」

當對方猶豫不決時，只好拿出最後手段。

「這樣拜託你都不肯幫忙的話，我只好源源本本向光崎教授報告了。說我已經苦苦哀求，古手川先生卻理都不肯理，聽也不肯聽。」

「這哪裡是原原本本了！」

古手川嘴角撇下來。

「妳是要說要是惹光崎醫師不高興，以後就不幫縣警的忙了是不是？妳這樣形同恐嚇！」

「不是形同，就是恐嚇。」

「……妳放得這麼開，根本就光崎醫師附身。」

「總之沒時間了。看那個樣子，仲井醫師馬上就會開死亡證明，蓑輪太太也會去辦火葬許可。我不是想要重複光崎教授上次的話，可是……」

「『你有身為公僕的自覺嗎？眼看不特定多數的一般民眾就要曝露在危險之中，你卻想當作事不關己』是吧。難不成連真琴醫師都要拿這些話來逼我？」

「對不起，可是我沒有別人能拜託了。」

「然後還來博取同情這招。」

古手川傻眼般仰望天花板。

「所以我沒有拒絕權是吧？」

「我也沒有。」

「我想也是。誰叫我們都被一個麻煩人士看上了。」

看他雖然故意誇張地嘆了一口氣，卻好像有點被說動了。

「好吧。既然這樣，就一不做二不休。我現在就跟妳去醫院說服家屬。」

「謝謝。」

「不過，我對家屬不能使出形同恐嚇的手段。這一點妳要謹記在心。」

真琴猛點頭。

她很了解古手川的個性。

儘管給自己上了鍊子，但一旦獵物出現在眼前，他還是會不當一回事地扯斷。

真琴坐上縣警的車趕往醫院途中，古手川說他查過蓑輪的經歷了。

「什麼時候查的？」

「從接到電話到妳來到縣警不是有一段時間嗎？幸好光崎醫師已經拿到病歷的複本。雖然查不到人際關係和財產那些，還是有某種程度的了解。」

根據古手川的說明，以前蓑輪在國土交通省相關的獨立行政法人上班。五十五歲期滿退休，找了一年的工作之後，被錄取為東京都職員，去年又退休了。

「不過，錄取的時候是五十六歲吧？算是空降嗎？」

「不管是不是空降，都廳有相關經驗人才的名額，他是通過考試錄取的。本來是派到知事本局，現在是政策企畫局，所以上一個工作的經驗資歷有沒有被看重就很難說了。」

「等等，他是都廳的職員對吧，權藤是都議會議員。這當中是不是有什麼關係？」

「這個我也想過。可是啊，妳知道都廳有多少職員嗎？光是一般行政人員就超過一萬八千人。也許會在走廊和議員擦肩而過，至於有沒有更進一步的關係，我看有點難。當然我會去查。」

兩人開的車經過熊谷站進入末廣。

「蓑輪家裡好像就他和太太兩個人。」

在大馬路上直行，不久便來到占地廣大的熊谷南醫院。

但願遺體還沒有被送走。

真琴強忍心中著急，趕往一樓櫃台。但女職員的回答卻讓真琴遲疑了。

「遺體在往生室，蓑輪太太先回家了？」

「對。她不肯告訴我死亡證明的事，但先回家很可能是為喪禮做準備。」

「怎麼辦？要在醫院等太太來領遺體嗎？還是去他們家直接談判？」

「去他們家好了。在這裡談，還要對付醫院的人。在他們家的話就二對一。」

「遺體怎麼辦？」

「我聯絡凱西醫師請她來看著。」

「妳瞬間連這些都盤算好了嗎？證明妳已經習慣談判了。」

真琴不知道習慣談判對一個二十多歲的女生是好是壞，但這時候就往好的方面想吧。

「蓑輪家在末廣，從這裡過去很近。快！」

回到停在停車場的車子，這次是駛向蓑輪家。因為不遠，移動時間很短，真琴卻覺得好像有人在追趕般，心情很浮躁。

「妳看起來很不安。」

開車的古手川朝這邊瞥了一眼。

「妳不是說二對一嗎？才剛拍過胸脯的人就別坐立難安了。」

古手川大剌剌的語氣一點也不客氣，但神奇的是聽起來很順耳。

蓑輪家位於低樓層住宅區一角。在屋齡高的老宅群中，雅致的獨棟建築牆壁尚未褪色。

來到大門口，古手川站在對講機前。

「要是劈頭就報出真琴醫師的名字，她可能會拒絕見面。」

古手川的判斷很正確，一說是埼玉縣警，福美就從屋裡出來了。一看到真琴，她的臉色立刻就很難看。

「這次竟然謊稱警察。怎麼會有這麼糾纏不休的人？」

「這位太太別生氣，我們沒有說謊。我真的是警察，如假包換。」

古手川出示警察手冊還是平息不了福美的怒火，不僅如此，似乎還火上加油。

「真的要鬧上警局？你們到底跟我家有什麼仇？」

「我說呢，太太，方便的話能不能換個地方說話？這裡鄰居會看見聽見。我們是形式上的詢問，不會占用您太多時間的。」

福美對真琴不假辭色，但看來並不打算反抗警察。只見她不情不願地讓兩人進了家門。讓他們站在玄關是她最起碼的抵抗吧？

「請問到底有什麼事？我很忙，正要去準備喪禮。」

「我們想確認您先生的死因。」

「警察也相信這位醫生說的包什麼蟲的寄生蟲嗎？」

「我們對癌症的診斷更有疑問。」

接下來便是自己的專業領域，真琴接著古手川的話，說道：

「您先生在急救送醫前喊痛對不對？在那之前都沒有異狀嗎？」

真琴連珠炮般先發制人，福美顯得有些不知所措。

「呃，嗯。那天他洗完澡照平常的時間就寢……一直到半夜呻吟之前都沒有任何異常。」

「請您仔細聽我說。肝癌絕大多數的場合，都會經過肝硬化。去年的定期健檢也沒有這樣的徵兆吧？」

「健檢結果只有四項是C……他喝酒也都只是淺嚐而已。」

「您先生是肝炎的帶原者嗎？」

「這個……我沒聽說。」

「食欲不振、倦怠、水腫、低溫發燒、貧血、黃疸、眼白發黃。您先生之前有沒有出現這幾個症狀？」

「是沒有。」

「肝癌初期幾乎不會有自覺症狀。但到了會喊痛的末期時，應該都會伴隨著肝硬化的症狀，就是我剛才舉出的那些症狀。您先生如果真的是肝癌，沒有發生這些症狀是很奇怪的。」

真琴好歹是醫生，這裡所說的內容沒有造假也沒有謬誤。福美思索片刻，但像是要甩開雜念般搖頭。

「可是仲井醫生看了很像X光片的東西，說是癌症沒錯。」

「肝癌是肝癌沒錯，但問題是原因。您知道嗎？既然您先生不是肝炎的帶原者，可能導致肝癌的原因就只有生活習慣。暴飲暴食、偏食、熱量過多、運動不足、生活不規律，這些生活習慣會造成肝臟的負擔，從脂肪肝慢慢演變成肝炎、肝硬化乃至於肝癌。當然這要訴諸本人的自律，但有些口無遮攔的人就會說是同住家人的責任，怪就要怪一直讓他們那樣吃的人。」

福美的臉色頓時變了。

很好，到目前為止反應都合乎預期。把事情誘導成如果堅持是一般肝癌福美也有責任。這種進攻方式絕不可取，但如果不讓她理解查明死因有多麼重要，她實在不像會同意解剖的樣子。

「我們知道您先生的工作，是東京都的職員吧。這樣的話，我想喪禮也會有很多同事朋友出席。我剛才所說的，是肝癌的基本知識，即使不是醫療從業人員也有很多人知道。要是出席者之間傳出什麼不好聽的話，最難過的想必會是您先生。」

福美臉上一直掛著悲憤的神情，不肯回答。

「一般人對法醫學都有刻板嚴肅的印象，但說到底就是查明死因。是什麼奪走了人們寶貴的生命？一個人為什麼非死不可？找出死因，一定能讓我們看清楚一些事情。」

福美的樣子還是沒變，但這時候真琴也只能一而再、再而三地說服。她舉出至今因司法解剖揪出死因結果找到希望的例子，等待福美的反應。

時候終於到了。

從玄關台階上俯視兩人的福美緩緩屈膝，然後端正了姿勢：

「浦和醫大的栂野醫師，是吧？」

「是。」

「妳還這麼年輕，就有令人敬佩的想法。誠如妳所說，我對法醫學一無所知，聽了妳的說明才總算稍微理解了，也明白了查明死因能帶給家屬希望。」

「那麼，您願意同意您先生解剖了？」

「不。」

語氣沉靜而決絕，

「妳的職業倫理和理念令人佩服，但和我家的情形沒有任何關係。」

「怎麼會……」

「妳擔心外子死因不明會引來風言風語，但我無所謂。外子到都廳任職時，便有人背地裡說三道四，說什麼空降部隊等等，事到如今那些我根本不在意。因為願意了解真相的人就會去了解。所以外子的死因無論是什麼都無妨。既然他再也不會活過來，死因是什麼都一樣。」

她的眼神堅定不移。是那種極其頑固、絕不通融的眼神。

真琴的氣力急遽萎縮。都這麼誠懇了，還是無法改變一個人的心意嗎？

如果是光崎，他會怎麼說服福美呢？會像自己這樣懇切規勸嗎？還是像平常一樣大刀闊斧斬斷旁人的心情，依照自己的信念行動呢？

「我確實感受到你們的熱誠，但世上有些東西再熱都融化不了。我還必須與殯葬業者聯絡，盡喪主的義務。兩位請回吧。」

或許是作為最起碼的禮貌，福美微微低頭。受禮的這方心情很沉重。

然而真琴正要死心的時候，旁邊有人說話了。

「可以稍等一下嗎？」

古手川傲然俯視福美。

「還有什麼事嗎？」

「剛才那是法醫學者的看法。接下來是警方的看法，或說是初步的詢問。這是任意詢問，您若不願回答就不用回答。只不過，那會讓人產生不必要的懷疑，揣測您不願回答的原因。」

一瞬間，福美臉上似乎閃過害怕的神色。

「您先生有保壽險嗎？」

「……有的。」

「死亡時可領取多少保險金？」

「難道，你是想說我為了保險金殺害了外子？」

「我並不是懷疑太太您。但在這種場合，保險金的受益人是誰，這是一個避不開的問題。還有，您的房子還在貸款嗎？」

「我們用外子離開獨立行政法人的退休金付清了。」

「原來如此。不過錢當然是越多越好。這個世上的糾紛幾乎都是為了錢。」

光聽就知道，古手川故意用言語激怒福美。他在等她氣昏頭和他吵。

「這年頭誰都可以投保。警察要用這種理由來調查病死？」

「如果出現了非常合理的症狀我們當然也接受。但現在，如果真……栂野醫師的說明是真的，無論影片診斷的結果如何，都還有疑點。在討論包生條蟲之前，也有殺人的可能性。」

「要怎麼樣才能偽裝成癌症來殺人？我實在想像不到。」

「在具體的方法之前，是可能性的問題。一個人死了，會有另一個人得利。光是這項事實便有足以產生犯罪的空間。」

「比起錢，我寧願外子活著……」

「我明白，但要證明您的心情只怕很難。」

「你們警察總是以這麼卑劣的角度來看事物嗎？」

「我們這一行就是這樣啊。」

「請你們離開。」

「不行，我還有問題沒問完。您先生有沒有仇家呢？他是喜歡在外面玩的那種人嗎？在獨立行政法人或都廳工作時，有沒有發生過什麼糾紛？還有太太，您是否關心您先生的健康？是不是故意做些高油高鹽的餐飲？」

「請你們走！」

「好，我們會走的。但要是得不到這些問題的答案，我們也只能調查了。調查這種事是很無情的。硬是要去看別人的經濟狀況，硬是要把藏起來比較好的事翻出來。可是呢，如果解剖您先生的身體，剛才那些問題大多就會迎刃而解。因為活著的人會說謊，屍體不會。」

真琴好想瞪古手川。要是光崎在場，不知道會是什麼表情。

「怎麼樣？」

古手川要對方回答，福美卻默默向外指。看來連話都不願說了。

談判決裂。

「那麼告辭了。打擾了。」

古手川丟下這兩句話轉身就走。真琴只能跟上去。

離開蓑輪家上了車，真琴立刻逼問：

「剛才那是什麼意思？不要說是說服她，反而讓她鬧起脾氣來了。」

古手川也鬧脾氣了：

「問著問著，我就覺得她很可疑。一副貞潔賢淑的樣子，可是她一定隱瞞了什麼。」

「可是，看她那個樣子，她是不會答應解剖的。」

「不需要她同意。」

性急地發動引擎顯現出駕駛的個性。

「我去跟組長說，請他趕快發鑑定許可。那就可以光明正大送司法解剖了。」

3.

古手川雖然那麼說，但怎麼聽都是他亂打包票。他說要向渡瀨說明狀況請渡瀨發鑑定許可，可是沒有明確的犯罪性，他那位上司應該不會輕易點頭。

所以第二天古手川來到法醫學教室時，真琴著實吃了一驚。

「走了，真琴醫師。」

要去哪裡真琴心裡有數。她知道蓑輪的守靈是這天下午五點開始。不採取行動，蓑輪的遺體就會化成灰。古手川這個人行動比思考快，在危急時這是可貴的優點。真琴直覺感到現在正是可貴的時候。

「你順利說服渡瀨先生了？」

真琴滑進運屍車的前座，向古手川確認。開這輛車去守靈會場，可見前提是要去領遺體。

「沒有。」

他答得太乾脆，以至於真琴以為自己聽錯了。

「被罵得很慘，說死者有保險、太太第二次回醫院時衣著太整齊這些依據太薄弱，根本不像話。」

或許是想起當時，古手川明顯露出厭惡的神情。真琴雖然覺得有點可憐，但也深感只會直來直往的古手川說服不了渡瀨。

「然後就被罵說要改變攻擊角度。」

「改變攻擊角度。具體而言要怎麼做？」

「組長是說，我看事情的角度太單一了。一認為這傢伙是嫌犯，就怎麼看都覺得他是壞人。」

「這樣不行嗎？」

「他說，性善說和性惡說都是對的，但也都有不對的地方。一般人也就算了，你好歹是個警察，兩者都要考慮。」

「……你明白他的意思嗎？」

「勉強算明白吧。所以我就一個個去找蓑輪的同事。我滿腦子想著要送司法解剖，完全忘了平時辦案的程序。」

古手川毫不掩飾，一五一十地說著。能夠毫不誇示地說自己的缺點，是他為數不多的優點之一。

「我太拘泥於被害者的身分和上一份工作了。因為我想找出他與權藤之間的交集，結果連基本中的基本都沒做到。死去的人到底是個什麼樣的人？有沒有人想幹掉他？他死了之後到底有誰能得到好處？」

「好像經濟學喔。」

「有人說，對某種人而言，犯罪是經濟。以最少的勞力得到最大的利益，追求省力和效率。」

真琴聽著就覺得心頭陣陣發寒。也許是因為自己從事醫學方面的工作，這種以利弊和效率來衡量一個人的生死的看法，她實在無法苟同。

「但是，不是所有犯罪都是那樣。有一些犯罪不管是白費工夫還是沒效率，就是非下手不可。就是那些沒有經過計算、因為一時衝動而犯下的犯罪。」

「蓑輪先生屬於哪一種？」

「訪查就是為了弄清楚這個啊。蓑輪義純這個人好像非常守身如玉。」

「原來男人也會這樣形容啊。」

「沒品的說法我知道更多哦。」

「……守身如玉就好。」

「他在同事面前就是個柳下惠。討厭聽黃色笑話，要是有人開黃腔就會擺臉色。去喝酒的時候，也不會去有漂亮小姐的店家。他說，不知道什麼時候會被納稅人看到，所以無論裡裡外外都必須自律。從他在獨立行政法人工作的時候就是這樣了。所以雖然同事都嫌他很難相處對他敬而遠之，但他的潔癖和頑固卻頗受上司好評。」

「那他的潔癖和這次的事有什麼關係？」

古手川這才說起令人意外的動機。

蓑輪義純的守靈預定於市內的禮儀會場舉行。時間是下午五點二十分，真琴和古手川到達時，會場員工正忙著布置。

看著他們工作的樣子，真琴嘆了一口氣。這是她第幾次從喪禮會場硬搶遺體？明明是為了往生者與家屬才這麼做，旁人看來就是強搶豪奪。若是拿得出揪出潛藏的犯罪、闡明死者的真意這些成果也就罷了，要是解剖完卻一無所獲，真不知要承受什麼樣的非議。

福美身為喪主，在家屬休息室等候。本來多半是頹然消沉的吧，但一見進來的古手川和真琴便勃然大怒。

「又是你們！而且還跑來這裡！」

和昨天在蓑輪家談話時相比，她顯得相當神經質，這絕非真琴的錯覺。置身於丈夫的守靈這個特殊的場所，沒有多少妻子能夠保持平常心吧。

「你們來做什麼！」

一開始最好女性自己談。這是真琴和古手川在車上擬定的順序。

「我們來請您同意解剖遺體。」

「怎麼講不聽？」

「我自己也這麼想。可是，您不知道您先生真正的死因，事後會更難過。因為到時候想查也沒辦法查了。」

「我說過，既然外子回不來了，死因是什麼都一樣。」

「不一樣。」

真琴上前一步。要是在這裡認輸，自己來這一趟就沒有意義了。

「同樣是病死，有時候往生者會因為死於什麼病而得到救贖。家人所處的立場也會有所改變。」

「妳在胡說什麼？」

「人死留名。您之所以堅持，不就是為了這個嗎？」

看來這句話奏效了。福美似乎大吃一驚，向後退了一步。

「昨天拜託您時，我們就隱約感覺到了。您並不想讓人知道您先生真正的死因。或者是您自己不想知道。所以無論如何您都拒絕解剖。不是基於消極的理由，而是有積極的理由。」

在真琴正面直視下，福美逃避般別過臉。看來古手川的推理果然是對的。

不需要打暗號，古手川便上前來。選手交接。

「其實昨天被您趕出門之後，我一個個去拜訪您先生的前同事。」

「你為什麼要這麼做？」

「為了解蓑輪義純走的時候是個什麼樣的人。是誠正篤實，還是卑鄙懦弱？是溫和敦厚，還是冷漠淡然？是合群樂群，還是獨善其身？這些都會改變蓑輪先生死亡的原因。」

「我先生是病死的。怎麼可能會是被殺！」

「認識蓑輪先生的人的說法都大同小異。他有潔癖，是個聖人君子，無法想像他會花心，對太太一心一意……。因為蓑輪先生就是這樣的個性，有些人因為他為人太死板而對他敬而遠之，但大多數人都信賴他、尊敬他。身為公務員，他看來實在不可能因為女性關係而犯錯，因此也被預定為上司的接班人。受部下尊敬就容易統領組織，這一點我也明白。」

不用問也知道古手川說的是誰。

「他在家裡也是這樣嗎？」

「是的。再沒有人像外子那麼高潔了。他是我的驕傲。」

「我想也是。獨立行政法人和都廳，不管是哪裡的同事都異口同聲這麼說。而這正是太太您不願讓蓑輪先生解剖的理由。死於癌症正適合一個清廉潔白的人。但也可以想像不適合的原因。比起解剖弄清楚一切，不如讓死因維持癌症……是不是這樣？」

福美猛搖頭否認：

「我完全不明白你在說什麼！」

「那麼我就解釋得讓您明白。蓑輪先生可能罹患了性病。」

福美頓時不再搖頭。

「因為只是可能，所以這完全是未經證實的資訊。請您聽我說。剛才我說我一一去找蓑輪先生的同事，但其實我也去拜訪了同事以外的朋友，因為一個人在工作和家庭之外或許還有另一面。其中一人便是在東京都執業的醫師。據說是高中以來的死黨，這是我從別的同學口中得知的。我本來是為了了解蓑輪先生的為人而訪查的，但那位醫師給了我其他的資訊。去年十一月，蓑輪先生突然來找他看病，當時要求要做性病檢查。」

也許是心裡有數，福美以驚懼的樣子看著古手川。

「那位醫生的專長是皮膚科、泌尿科與性病。所以我想蓑輪先生去看病並沒有告知任何人。起先醫師也不肯說，但了解事情的狀況之後才同意。說來討厭，但已逝之人的個資並不在保護之列。」

聽古手川說，他在說服那位醫師時說了包生絛蟲的事。因守秘義務而不肯透露的醫師也因此才終於開口。

「蓑輪先生擔心自己是不是得了梅毒。蓑輪先生每年都定期健檢，但一般驗血無法查出梅毒，必須透過血清檢查才能知道是否感染，所以他才會拜訪性病科的醫師。身為醫師當然必須問是否曾做過什麼可能感染的事。對蓑輪先生而言，那是推心置腹的朋友，所以也就實話實說了。蓑輪先生在都廳工作。而從都廳走兩步就可以到的地方，就有世界數一數二的歡樂城新宿歌舞伎町。蓑輪先生是那風化區其中一家的常客。」

福美似乎死了心，垂下頭。

「詳情我就省略了，總之是由外國女子作陪的店。據說他一週會去三天，可以說是常客吧。這就是在職場和家裡都以潔癖著稱的蓑輪先生的另一面。」

真琴得知這個事實時，其實也能理解蓑輪的心情。

在職場和家裡都要扮演聖人君子，就需要一個地方發洩累積的鬱悶。平常以潔身自愛為賣點，上酒店就不得不更加隱密。這麼一來就更鬱悶，去得更頻繁，於是成了惡性循環。不值得尊敬但值得同情。而這樣的事他當然不敢告訴福美。

「要是一直沒出事也就還好，但今年初那家店突然收了，因為好幾個外國女子梅毒發病。蓑輪先生曾與店裡不止一名女子發生性關係，便擔心自己可能也罹患梅毒。但要是隨便跑去檢查，結果可能會曝露自己的另一面。進退維谷的他於是前往朋友的醫院。太太，這件事您也知道吧？所以才堅拒讓蓑輪先生解剖。要是解剖後被人知道他罹患性病，您先生的名聲就毀了。」

福美的口中發出強忍哭泣的嗚咽。真琴判斷再逼問太過殘酷，便去扶她。

「您不想知道是什麼害死您先生的嗎？」

搭在肩上的手，感覺到福美的顫抖。

「浦和醫大的法醫學教室，是受警方委託相驗的醫療機構。對生者與死者都平等對待。當然同樣也有守秘義務。我們不會公開解剖結果。」

顫抖的肩終於回歸平靜。

「我可以……相信你們嗎？」

「請放心。」

肩頭頓時脫力般落下。

「我先生去世前一天，我從他西裝口袋找到處方箋。我沒聽他說他在看病，覺得奇怪，仔細一看醫院名那裡寫著『性病科』。這就讓我更不敢問他……我在網路上查處方箋上的安莫西林，結果說是治療梅毒的藥……」

原來如此——真琴明白了。

正因為丈夫有不花心、不好色、有潔癖的名聲，才更不好談一些微妙的事。

「他被送進熊谷南醫院，死因被診斷為癌症的時候，我一顆心才放下來。啊啊，這樣他常去酒店的事就沒有人會知道了，在喪禮上也不會被人恥笑了。我先生是個非常重體面的人，這件事是絕對不能讓人知道的。」

福美說到這裡停下來，放了心似地喘了一大口氣。然後立刻一臉擔心地面向真琴。

「……喪禮怎麼辦呢？」

「預定什麼時候出棺？」

「今天是守靈，出棺是明天上午十一點。」

「我們會趕上出棺的。」

「在那之前就是主角缺席的喪禮了……他在世的時候最不愛引人注目，我想他一定不會見怪的。」

古手川與真琴將蓑輪的遺體移上運屍車，返回浦和醫大。在車上便已向凱西報告經過，所以兩人抵達時解剖的準備已經完成了。

「真琴，妳立了大功呢。」

不知在高興什麼——雖然想也知道八成是能夠解剖——凱西張開雙手迎接真琴。

「不過，妳到底是用什麼技巧說服家屬的？」

「把重點放在觸動家屬內心的微妙之處。」

「Japanese dumplings（丸子）？真沒想到，原來可以用那種東西收買呀？」

多虧了凱西，被福美傳染的憂鬱煙消雲散。真琴得以切換心情面對解剖。

光崎幾乎在真琴換好解剖衣的同時出現。

她能感覺到光崎一進解剖室，空氣便立刻緊繃。解剖室的溫度本來就設得比較低，但這不是肌膚的感覺變得更敏銳的唯一原因。而是因為所有感官都聚精會神，準備將斯界權威即將展現的執刀技術牢牢記住。

剛剛還樂不可支的凱西也像換了一個人，態度嚴肅。眼中滿是敬畏與憧憬，可見她對光崎有多忠誠。

曾好幾次在場的古手川曾形容解剖現場的情形有如法庭。坐滿了被告人、辯護人、檢察官，以及旁聽人的法庭。法院本來還吵吵嚷嚷，法官一出場便如潑了水般鴉雀無聲——就和那個情況一模一樣。

聽古手川說時真琴還覺得會嗎？並不怎麼在意，但像這樣親眼看光崎執刀，就會覺得他說的其實沒錯。

致肉體於死的死因是被告人，要求揭露其罪狀的是遺體。

手持手術刀的解剖醫是法官，而主宰解剖室的靜謐則與法院的氣氛相仿。

揭開解剖台上的被單，蓑輪全身便曝露在日光燈下。仔細想想，真琴忙著與古手川一起追遺體，這還是頭一次拜見蓑輪的尊容。
他的臉形偏瘦長，一如親友所形容的，長相溫和。從死去的面孔也能想像他笑起來的表情。軀體清瘦，胸前的肌肉都沒了，反而是肚子肚出，是所謂的假瘦代謝症候群的體型。
「那麼現在開始。」
光崎的執刀宣言讓真琴回神。現在沒有閒功夫理會雜念。穿著解剖衣的法官就要開庭了。
「屍體為六十多歲男性。體表無外傷。因肝細胞癌病死。屍斑集中於背部，應是因長時間維持仰臥姿勢造成。」
光崎的聲音喚起了既視感。因為這番話與權藤那時一模一樣。
「鼠蹊部微有硬塊。」
體表不但沒有外傷，也沒有發炎症狀。梅毒的特徵是皮膚症狀，但在死亡時並未發現。不過鼠蹊部有硬塊。鼠蹊部腫大是第一期梅毒常見的症狀。
「手術刀。」
接過凱西遞過來的手術刀，光崎的身影便宛如交響樂團的指揮。正如指揮的指揮棒前端灑下音樂的魔法，光崎的手術刀刀尖一一解開體內的秘密。

滑順的Y字型切口。真琴聽說過因日本喪禮讓往生者穿著和服，I字型會看見傷口，因此偏好Y字型的說法，但這只怕是源自於執刀醫生的作法，而非習俗。實際上真琴兩種都嘗試過，姑且不論一般手術，她認為Y字型在解剖時適合得多。因為利於左右打開使內部狀況一目瞭然，也方便自任意部位取樣。

光崎下刀才短短幾秒便打開了屍體。手法之乾淨俐落，看再多次也不會膩。

切除肋骨後，屍體的審問便漸入佳境。到底是什麼殺死了這具肉體？又是誰應該為此負責？

肺露出來了。雖有符合年齡的老化，但肺本身並沒有變色或變形。看來癌症尚未轉移到此。光崎和上次一樣，立刻便失去了興趣。

「切開鼠蹊。」

手術刀在腹股溝劃出直線。隨即出現的淋巴結如預期般腫大。這稱為橫痃，也屬於第一期梅毒的症狀。

「採血後測瓦氏反應。」

候在一旁的凱西立刻從心臟抽血。

瓦氏反應是血清反應檢查之一，測試血液中有無因感染梅毒螺旋體後生成的抗體。

這次是以檢查結果與淋巴結腫大來判斷蓑輪是否罹患梅毒。

但光崎的關心不在於有無梅毒症狀，接著去探索肝臟。

那裡確實是病灶無誤。表層可見顆粒狀與硬化。下方有小囊泡探頭。這也重現了自權藤體內目擊到的狀況。

「鑷子。」

將鑷子遞給光崎時，真琴的手指微微顫抖。已經見慣了的那可怕物體在眼底叢生。

光崎的手指輕輕夾出異物。

鼓鼓的多包蟲。裡面有無數隻蟲子詭異地舞動。是包生條蟲沒錯。

「採樣。」

真琴將金屬盆上的包生條蟲移入滅菌瓶。

「包生條蟲增生導致肝功能低下，產生與肝癌同樣的症狀。這是直接死因沒錯。」

真琴聽出光崎的聲音中有一絲緊張。她這才知道原來這個人也有緊張的時候。

而緊張也感染了真琴。

這是第二個例子了。如果只有權藤一個例子，或許能歸為「極度特異的病例」，但出現了第二例就行不通了。

「縫合。」

平常這一刻會感到完成一大工程的充實，現在卻充斥著不安的氣氛。

找出蓑輪的死因了。對福美而言，死因與梅毒無關是個好消息，但當她知道侵蝕了丈夫身體的是寄生蟲，會有什麼表情？公開死因之際，梅毒和寄生蟲哪一個比較不糟糕？

光崎在縫合屍體時，也為案件閉幕。

但這次不同。

這只不過是序幕的結束。

古手川等著完成手術的三人。

「結果如何？」

「是第二個。」

光崎以射殺般的眼神瞪眼前的古手川。

「拜託別用這種眼神看我，是光崎醫師說要解剖蓑輪的不是嗎？」

「沒事別一一在意別人的反應。這麼年輕就學會察言觀色了？」

真琴忍不住心生同情。這時候古手川要是一副老神在在的樣子，肯定會被光崎譏誚「年輕人不知分寸」。古手川大概也心裡有數，一臉滿腔委屈無處訴的樣子。

「處理好了。早點歸還遺體。」

「要向蓑輪太太說死因是什麼？」

這一問，光崎又朝古手川瞪。

「這點小事自己想。又不是小孩子。」

然後，頭也不回地出了教室。

「還是一樣不饒人吶。」

古手川像個挨了罵的小屁孩，天不怕地不怕地笑著。

「你還有心情笑啊。」

真琴這樣吐槽，但光崎那麼緊張古手川不會看不出來。

古手川也好，自己也好，都因包生絛蟲之疫成為現實而受到衝擊。若不稍微搞笑一下，就要被不安壓垮。

4.

熊谷市內出現第二名包生條蟲症患者——光崎立刻就要真琴將蓑輪的解剖結果整理給國立感染症研究所。

今真琴驚訝的是，附資料的電子郵件才發出去，對方的窗口就來電了。

『這份資料沒錯嗎？』

自稱姓蓼科的職員有點破音。該不會是懷疑我們不惜捏造資料給他們吧——想歸想，真琴沒有提。

「沒錯。是我們光崎藤次郎教授執刀所發現的事實。」

一聽到光崎的名字，蓼科就不作聲了。平常真琴總對「權威」感到半信半疑，但要讓浦和醫大的主張有可信度，沒有別的名字比這個更管用。

『但是，沒想到第二例這麼快就出現。』

就算是事實也不願相信。真琴能理解這是對方誠實的心情。

然而，真琴必須將無情的事實如實轉告。這是光崎交給她的任務。

「事情是很麻煩，但光是光崎教授看到的就有這麼多。若將檢查對象擴大到整個首都圈以及其他地區，不能否認會有更多案例出現的可能性。」

『……我想您是對的。』

「光崎教授對感染症研究所發言的分量寄予厚望。第一個案例和第二個案例，患者都是因包生條蟲症發病而殞命。我們不希望有更多人犧牲。」

『敝所同仁也一樣。老實說，最初看到資料的階段我們一時還不敢相信。』

這想必是醫療機構所屬人員內心的實話。沒有人提醒，就很容易忘記這是一種感染症。當然在法律上包生條蟲症是被明定為第四類感染病，但感染等於死亡的公式實在一跳跳太遠。

「我們送過去的樣本，毒素分析的進度如何？」

『正加緊分析中。』

蓼科的語氣不樂觀。要向外形容實質正處於膠著狀態的事情時，就會是這種說法。

『假設之一是浸潤人類肝細胞使其變質為癌細胞，但我們又不可能在活體肝臟上實驗，所以無法證實。而這種毒素在人以外的動物肝細胞上又沒有作用。未知的部分太多了。』

「可是，置之不理就會出現第三、第四個感染例。」

『我們沒有置之不理的想法！』

蓼科的聲音很焦躁。

『預防感染症才是敝所存在的意義所在。我們也很樂意向各醫療院所公開貴處送來的第二例資料。可是梅野醫師，光這樣是沒有用的。這一點您應該也很清楚。』

真琴無言以對。

『如果只是向民眾呼籲〈突變種包生絛蟲正在流行，請多加小心〉是很簡單，可是一直以來包生絛蟲感染的對策都停留在保健衛生指導和犬隻的定期除蟲，頂多再加上徹底清洗蔬果和避免生食。』

聽著聽著真琴也覺得好空虛。要是這樣就能預防，那個光崎也不可能臉色大變。

『但要對付突變種，這些對策有多少效果是個疑問，而且感染症對策本來就是預防與杜絕雙軌並行。不杜絕感染源，感染就不會終結。』

「這我知道。」

『我深知這不是該請浦和醫大幫忙的事，但若要呼籲民眾注意，就必須找出感染源。突變的包生條蟲這種寄生蟲是在哪裡發生的？透過什麼途徑感染？若不查清楚只強調危險性，等於是誘發恐慌。』

這真琴也明白。正因如此，才會對只能發出資料的自己乾著急。

『一例在城都大附屬醫院，另一例在熊谷南醫院。不太可能是醫院間的感染，那麼只能從患者的共通點去找感染源了。但不巧的是，這不是我們的工作。應該說，不是我們做得到的工作。』

「……是的。」

『浦和醫大法醫學教室和縣警的關係好像很好？從發現包生條蟲症的報告就明顯看得出來。』

「因為我們常常受託相驗。」

『相驗和司法解剖都是一種義工，我聽說接受的委託越多，醫大就賠越多。』

真琴沉默了。但願對方能聽出是默認。

『平常都是浦和醫大幫忙攤費用，這次能不能向他們討個人情？』

真琴很清楚蓼科的意思。要找出感染源，就必須找出感染者權藤和蓑輪的交集。而當事情一牽涉到私人範圍，便只有警察才有調查的權限。蓼科是在建議由浦和醫大請埼玉縣警、甚至警視廳調查。

「要是現在發生的是食材業者引起的食物中毒，警方也會出動，但這次……如果不是像過去的禽流感那樣，污染地區和危害大得讓內閣官房和厚生勞動省層級召開對策會議，只怕不會立刻處理。常來我們這裡的刑警是這麼說的。」

『梅野醫師，』

電話另一頭的語氣變得鄭重。

『我們研究所會盡我們所能，但這樣不夠，就算我們同仁成功分析出毒素，也請不要忘了找出感染源和早期發現病徵才能有效運用這些發現。』

誰會忘記？

又沒有久遠到會遺忘。包生絛蟲症是此時此刻、正在眼前擴大的危機。

「我們會尋求協助，但肯不肯答應，只怕要看彼此組織的裁量了。像我這樣的助教能說的也只有這麼多。」

『梅野醫師。』

「是？」

『不好意思，請問您是什麼時候擔任浦和醫大的助教的？』

「今年才開始。之前是實習醫師。」

『擔任助教第一年就敢這樣發言，您的環境真令人羨慕。看來光崎教授和傳聞不同，為人一定很自由闊達。』

真琴又無言以對了。

當天下午，古手川來到法醫學教室。

「光崎醫師叫我來。」

還沒見到本人就戰戰兢兢的，簡直就像被叫到教職員室的國中生。

「妳那是什麼眼神啦。好像在看被叫到教室員室的國中生。」

「所以你知道你為什麼被叫來？」

「現在還不知道權藤和蓑輪的交集，八成是這個。是說，我也只被交代了這個。」

「可能有別的事要交代哦。」

上午真琴便將感染症研究所來電的事報告了光崎。蓼科提議請縣警協助一事當然也一併說了。

聽了之後，古手川的臉色更綠了。

「我說，真琴醫師。我奉光崎醫師之命行動，完全是常規外的業務，這妳知道吧？」

「嗯，大致上。」

「照光崎醫師的指示行動，可以揪出潛藏的案件然後逮捕犯人，所以我們組長、課長都一直默認。」

「也因為這樣破了很多案子嘛。」

「但是，這次蓑輪義純的事又如何？又不是老婆為了保險金企圖謀殺。只是推翻了醫院下的肝癌診斷而已。而且原因是包生條蟲症這種超罕見的感染症，又不是醫療失誤。坦白說，完全沒有任何稱得上有犯罪性質的地方。」

「是啊。可是，不是精彩地揭露蓑輪太太想隱瞞的事了嗎？」

「妳是說蓑輪上酒店的事嗎？那也只是從她太太謀財害命這條線去查出來的結果。被迫忙這種事的我是什麼立場，妳知道嗎？為了這件事我被組長罵得好慘，說你什麼時候成了法醫學教室的外包人員了。」

「哦，原來渡瀨警部這個人挺不懂得感恩的呢。」

「這跟感不感恩無關。我被訓說，把警察的辦案能力用在非犯罪的案子上不叫辦公事，是公私不分。」

「啊，諧音搞笑？」

「認真聽啦！」

「我有認真……聽個頭啦！」

「什麼？」

「普通的命案，一個人，頂多兩、三個人被殺。為了安定社會秩序和執行法律正義，警察為民眾努力……是這樣沒錯吧？」

「沒錯。」

「無法忍受清白無辜的人被殘忍殺害，這是古手川先生的信條對不對？」

「沒錯。」

「可是，感染症不處理的話，死的是幾百幾千人哦。包生條蟲症也一樣。只要找不出感染源，無論採取什麼預防對策都只是治標不治本。」

「妳是說危害重大叫我查嗎？真琴醫師，妳這是歪理。疫病大流行其實就跟戰爭一樣。警察在戰場上能做的，頂多就是清屍體和瓦礫。」

「那些自衛隊會做。」

「死幾百個人是大事沒錯，可是警察管不到啊。我知道妳急著想找出感染源，可是憑這種理由我們組長是不會動的，不對，是動不了。到刑事部和縣警等級就更動不了。就拿以前禽流感流行的時候來說好了，各縣警能做的就只是呼籲民眾小心防範。我們警方也心知肚明，一旦爆發疫情，能夠依靠就只有醫療人員和自衛隊，我們能支援的頂多就是管制感染源周邊的交通和車輛消毒而已。」

這時候，無巧不巧凱西進來了。

「哈囉，古手川刑警，連教室外面都聽得到你的聲音。打情罵俏音量最好放低一點哦。」

「啊啊，真是的！麻煩的人偏偏挑麻煩的時候來。」

古手川一手蓋臉。

難得有援軍，真琴便解釋了他們談話的前後脈絡。結果凱西越聽表情越挑釁，雙手盤胸瞪起古手川。

「真琴生氣是有道理的。而古手川刑警的邏輯聽起來像符合常識，其實是很沒常識。」

「我說的哪裡沒常識了？」

「保護國民的生命財產是日本警察的任務，這是真的嗎？」
「沒錯。可是警察組織是個完全的縱向社會。」
「感染一旦擴散，國民的生命就受到威脅。那你還要讓命令系統、管轄、組織理論這些優先於你的任務嗎？組織無法提供協助，古手川刑警私人協助不就好了？」
凱西的言論一如既往的奔放，卻也有一分真理。無法為預防及撲滅感染症行使警察的公權力，這個真琴也理解。但與此同時，明明搜查能力備受期待，卻因為職權不同而拒絕協助，她認為以組織而言雖然是對的，但身為一個人卻是錯的。
「我說，凱西醫師，在休假日私下進行搜查勉強是可行的。可是只要我亮出警察手冊，就很可能變成濫用職權。」
「很可能而已，又不是真的就是。」
「妳這麼想要我被懲戒免職嗎？」
「會懲戒正確行動的爛組織，辭了最好。」
「拜託妳不要亂講啦。」
「你覺得我是亂講嗎？要是看到古手川刑警對調查這麼消極的樣子，Boss 會怎麼想？你連這個都想像不到嗎？」

「……我看，八成會不被當人看吧。」

「以後再也不接受任何埼玉縣警的解剖委託。」

「這個上次就被說了。」

「不許你再跨進法醫學教室一步。」

「哦，一定也會說這個。」

「不止這樣。我和真琴也會跟你絕交。」

凱西不知有何根據，說得好像這是最後的王牌似的。

真琴偷眼一看，古手川困惑的樣子好像面對難題的學生。

「Perhaps，古手川刑警以為光崎教授的宣言只是口頭威脅？」

「怎麼聽都是啊。為了這點事就棄縣警和浦和醫大多年來培養出來的合作於不顧，不會吧！」

「我們 Boss 雖然很 ironical，卻從來不開玩笑。真琴，妳聽過 Boss 開玩笑嗎？美式或俄式都可以。」

「完全沒有。」

凱西聳聳肩又對古手川說：

「你剛才說浦和醫大和縣警的合作對吧。但解剖越多浦和醫大的預算消耗得越多是眾所周知的事實。真要說的話，這樣的合作關係只有縣警單方面有利。解除了對浦和醫大有利，對縣警卻是不利。要是因為古手川刑警談判決裂而壞了這段關係，你說縣警的Boss會做出什麼判斷？」

「……好卑鄙啊。」

「這世上本來就沒有不算計的談判。為人著想的日本人想在這個領域贏過美國人本來就是個錯誤。」

「也不是日本人，是我不擅長談判而已。」

「就算這樣，你總還有膽子面對你的直屬Boss吧。請你發揮你的膽量在醫大和縣警之間居中協調。」

就在凱西正要高聲宣布實際上的勝利宣言時，光崎偏偏進了教室。

「來啦，小子。」

「是，因為到得太早，被兩位醫師狠狠訓了一頓。」

「找出第一例和第二例的關聯了嗎？你這小子光聽命令卻連個報告都沒有。你那個頑劣乖張的上司平常就是這樣教你的？」

凱西的話大都強辭奪理，但真琴忘了人上有人。

「根本談不上報告啊，要警察調查沒有犯罪性的事情，實在太不合理了。」

「你以為我是為了聽你扯這些無聊的藉口才特地叫你來的嗎？」

光崎的臉比平常更臭。

「公僕就是為公事粉身碎骨才叫公僕。別給我五四三的，去查！」

古手川顯然早已放棄為自己喉舌，露出半死心的表情：

「那就請光崎醫師去威脅我們刑事部長那些人。我個人行動雖然也是個辦法，可是動用整個刑事部效率應該好得多。」

在後面聽的真琴差點飆冷汗。偏偏提議光崎親自去談判，看來古手川也終於走投無路了。

他會得到冷言譏誚還是雷霆霹靂？

然而下一個瞬間，光崎說出了令人意外的話。

「電話裡說不清，我這就去見你們刑事部長。你帶路。」

Chapter 3

潛藏職務之毒

1.

平常，古手川開警用車的時候，都是渡瀨坐副駕。最近真琴坐的機會也增加了，但絕大多數時候還是那位威嚴的上司。

然而此刻，在前往縣警本部的車上，坐的是威嚴比之渡瀨有過之而無不及的光崎。不，論嘲諷和毒舌之狠，搞不好還在渡瀨之上。

坐在副駕駛座上的渡瀨通常不太說話，只是半闔眼看著前方，但光崎卻是以一身背負著世上的不平不滿的神情瞪著前方。

車上的氣氛沉重無比。古手川耐不住沉默，終於說了不必說的話：

「那個，您不問我嗎？」

「問你小子什麼？」

「呃，就是現在要去見的刑事部長是什麼樣的人啦，是擅長談判還是不太會之類的。」

「你一整天都跟那位刑事部長在一起嗎？」

「沒有，就偶爾搭電梯會遇到。」

「憑這點認識，你就要判斷一個人的為人，然後告訴我？」

「不是的，那個……」

「這種錯誤百出的資訊，你好意思亂報。稍微想想你會給旁邊的人造成的困擾，你這糊塗蟲！」

好心搭話結果換來一頓罵。古手川更加不敢開口了。

抵達埼玉縣警本部後，古手川陪著光崎前往刑事部長的辦公室。他和渡瀨及栗栖課長時常見面也知道如何相處，卻幾乎沒和刑事部長說過話，所以雖然事先有約，而且才剛挨光崎罵，心情還是越來越緊張。

緊張在他們站在辦公室前時達到高點。

「我是古手川，失禮了。」

裡面一個懶洋洋的聲音應了一句請進。打開門的那一瞬間，古手川有點倒仰。

刑事部長在窗旁的辦公桌前。這在預料中。但渡瀨卻從客用沙發往這裡瞪。雖然隱約有預感，但沒想到還真的在這裡和光崎聚頭。

當下的狀況正所謂前門拒虎，後門迎狼——古手川在心裡暗罵。

「久仰大名，光崎教授。敝姓所田。」

所田站起來，輕輕行了一禮。作為平日常委託司法解剖的縣警代表，這樣的應對算是不失禮。

所田和正刑事部長。階級為警視正。縣警本部長里中是警視監，所以所田實質上在縣警本部算老三，但縣警本部內無人對他的地位有異議。

埼玉縣警的搜查一課在本部裡是大放異彩的部署。尤其渡瀨組人人身懷絕技，破案率遙遙領先。就是渡瀨本身個性有點問題，與其他組長合不來。不，本來就沒有要合的意思。周圍的人都像怕猛犬扯斷鎖鍊似地與他保持距離。本應管束一課的栗栖課長是無事主義的信徒，只會巴巴地看著渡瀨暴走，所以是所田代替他壓制。

只不過所田本人是典型的調整型主管，個性不像渡瀨那麼強烈。渡瀨之所以沒有造反，純粹是因為所田人很好。古手川對於部長這種個性竟然能在激烈的升遷競爭中存活下來大為佩服，但渡瀨認為部長背地裡有不尋常的一面。

「我們一課的司法解剖平時多虧您幫忙。」

「是啊。每次法醫學教室和大學都赤字連篇。說義工是好聽，其實就和每賭一把都要被賭場老闆吸一次血一樣。」

古手川不禁倒抽一口氣。沒想到頭一次見面開口就是這種話。心想至少應該叫真琴隨行，但千金難買早知道。

但面對這劈頭而來的譏諷，所田卻只是過意不去地搔頭：

「哎呀呀，縣警也知道解剖方面費用不太夠，畢竟我們是在有限的預算裡湊。明明有不少案子是託光崎醫師的福才破案的，我們真是不長進啊。」

所田請光崎也在沙發就座。正好形成渡瀨和所田與光崎對峙的局面，至於古手川，就算求他，他也不要加入。

「聽說您有事找我？」

「現在，寄生蟲造成的病死正在首都圈蔓延。」

「是。旁邊的古手川報告過了。本有他殺嫌疑的權藤要一和蓑輪義純，都是被包生條蟲這種寄生蟲侵蝕。」

「我想知道感染源。」

應該要低頭求人的光崎，語氣竟然有股高高在上的意味。

「這兩人有什麼交集、參加了什麼聚會、去過哪裡？不查出來，今後包生條蟲造成的死者會繼續增加。因此，我想請縣警調查。」

所田對光崎的蠻橫絲毫不以為意，而是為難地又搔起頭：

「我明白教授所說之事十分危急，但這真的不歸我們管轄，或說，目前縣警本部及各警署都不存在這樣的機能。這本來就是厚生勞動省的工作。」

聽所田說話時，光崎的眉毛上下挑動。這是光崎的怒火即將爆發的前兆。

古手川正急著想安撫，渡瀨卻早一步開口：

「部長，此事縣警應該研究一下。」

「怎麼說？」

「至今浦和醫大法醫學教室幫了我們很多忙。若是這次惹惱了光崎教授，只怕往後教授會拒絕協助。」

所田一臉「不至於吧」的神色，視線在渡瀨和光崎臉上來去。這兩個人都與開玩笑及場面話無緣，所田顯然立刻便發現事情的嚴重性。

「屬下也已經透過古手川得知光崎教授的請求。教授是認真的。」

「哼。不愧是多年來往，溝通起來就是快。」

「因為我也討厭事情拖拖拉拉。但教授，不能請保健所或是感染症研究所這些疫學機構來調查感染途徑嗎？」

「那是找出感染源以後的事。像這次這樣感染源不明的情況，他們的本事也派不上用場。」

「所以要出動警察的搜查能力？」

「不要光顧著死去的人，偶爾也要為活著的人賣力。」

古手川感到訝異。這和光崎平常的論調截然不同。平常看重死者權利甚於生者的人，這次竟唱起反調來。

「感染一錯失時機，擴大的危險性就會劇增。從明天開始就太遲了。從今天、現在就開始調查。」

「您是以司法解剖為籌碼來談判嗎？」

「不是談判，是請求。」

光崎瞪著渡瀨和所田，但他本就是個性急的人，總不會打算長時間大眼瞪小眼吧。

所田思慮重重地看渡瀨：

「渡瀨警部，你有沒有好主意？你和光崎醫師認識很久了吧？」

原來如此，所以才要渡瀨在場嗎？

古手川開始覺得有打假比賽的味道時，只見渡瀨緩緩開口：

「屬下不知道這是不是個好主意，但確實是有個辦法能夠以臨時調動來應變緊急狀況。」

「說說看。」

「生活安全部生活環境課的保健衛生第三科負責保健衛生案件。由那裡出動您以為如何？」

「可是，那裡是處理食物中毒的部門，熟悉犯罪調查的人很少啊？」

「所以從搜一暫時調派過去。」

「你有人選嗎？」

古手川有不好的預感。

渡瀨的視線一射過來，所田和光崎的視線也跟著盯上古手川。

喂，你嘛幫幫忙。

「這裡就有個不二人選。」

「但你們渡瀨組沒問題嗎？這樣就少一名人手了。」

「短期還能應付。」

「唔。短期的話，以支援的方式過去比轉調來得合適。他的話您意下如何？光崎教授。」

「只要管用，誰都可以。」

「那就這麼決定了。」

什麼叫就這麼決定！

古手川立刻就想抗議，但那一瞬間被渡瀨的視線釘住不敢動。

那是叫人閉嘴的眼神。

就這樣，當場就決定派古手川到保健衛生第三科支援。

儘管表面上是支援，實際上是叫他待在刑事這邊，卻去調查寄生蟲的感染源，這騙人也騙太大了。古手川認為好歹要表示異議，所以送光崎回浦和醫大後，便來到渡瀨面前。

「請問剛才究竟是怎麼回事？」

「負責人共商對策。看了還不懂嗎？」

「我看起來簡直就是打假球的比賽。」

渡瀨甚至不否認：

「既沒有事前協議也沒有套好。只是憑默契和光崎教授達成共識而已。畢竟惹火那位一點好處也沒有。」

「可是偏偏是生活環境課的保健衛生第三科！」

「無論要插手哪裡的事都必須名正言才會順。現在都幫你準備好了，你要感恩。」

「組長，你不是老是說一課人手不足嗎？」

「沒錯。所以你趕快解決包生條蟲的事，回來處理日常業務。」

然後渡瀨一個轉身背對，表明拒絕再談。

心想這上司好過分，但部下又不能選上司。古手川輕嘆了一口氣，離開了刑事部的辦公室。

古手川去的是世田谷署的拘留室。因權藤一案而成為殺人未遂嫌犯的出雲還被拘留在這裡。辦了會見手續等了十五分鐘，出雲的身影出現在會見室的壓克力板之後。

「現在又有什麼事了？我可是等送檢的身分，跟埼玉縣的刑警無關了吧。還是怎樣？來嘲笑自己舉發的犯人？」

「很遺憾，兩者皆非。我要先說清楚，我是想以殺人舉發你，落到殺人未遂的那一刻起，被嘲笑的就是我了。」

聽了這話，出雲的表情頓時柔和下來。

「再說，那時候因為我們送了司法解剖，才證明死因不是黃麴毒素。要是直接火葬，你的殺人嫌疑就洗不清，反而永遠都有罪惡感……不是嗎？」

「不必有罪惡感這一點倒是被你說對了。」

出雲毫不內疚地打開話匣子。他已招認在送給權藤的品牌米裡混入事故米。和以前相比，神色也清爽許多，想必是不必再遮遮掩掩，少了心理負擔的緣故吧。

「說來你可能不信，但我也是有良心的。我以為我伯伯是死於我混的事故米那時候，我覺都睡不好，就算睡著了也會夢見伯伯。一想到一輩子都要這樣，老實說我也覺得不好過。被捕的事不算，我很感謝你幫忙釐清了死因。」

司法解剖也能拯救生者——這是剛進法醫學教室時真琴某次說的話，但古手川沒想到會在這裡遇到實例。

「既然感謝，能不能幫個忙？」

「你傻了啊你？都可能被告了，誰還會做不利於自己的證詞啊！」

「和混入事故米的事無關。是關於權藤先生真正的死因。」

「我聽說是包什麼蟲的寄生蟲。」
「那你知道那種東西是怎麼寄生的嗎？」
古手川說了真琴解釋過的包生條蟲的特性、在日本的通報病例。
「哦，那就是很少見了。」
「因為是突變種，不能用過去的方式來處理。事實上，繼權藤之後又出現了死者。」
「這我倒是頭一次聽說。待在這裡，什麼新聞都不知道。」
「不能再讓人死於寄生蟲。」
「所以你要我幫忙是嗎。你是古手川先生，對吧？我確實很感謝你幫忙找出我伯伯的死因，卻沒有理由對逮捕自己的刑警那麼幫忙。」
「你被起訴以後，我會把協助防止感染擴大的事告訴負責的檢察官。雖然和殺人未遂的審理沒有直接關聯，至少可以作為酌情量刑的材料。」
「等一下，古手川先生。你這樣前提豈不是寄生蟲危害擴大演變成大事？」
「對。這是我從在醫療機構服務的朋友那裡聽來的，這種寄生蟲病要是不想辦法解決，有釀成大禍的危險。因為目前不知道如何驅除，也不知道怎麼治療。」

關鍵時刻到了——古手川鼓起勁。出雲若是小奸小惡還好，但若是視人命為草芥的反社會人格，這次談判反而會授人以柄。

即使如此，古手川還是想賭一賭出雲的人性。

出雲露出不懷好意的笑容：

「也就是說，我所提供的資訊，會左右未來寄生蟲患者的命運？」

「一點也沒錯。要是你隱瞞重要資訊，往後可能會造成許多人死亡。一個人家裡出現流行病的死者，他的家人也可能遭遇同樣甚至更大的不幸。而這一切，全都是你的責任。你想報復一下警方、出口氣的心理，結果很可能會造成前所未有的大災難。」

「別、別威脅我。」

「以現狀而言，沒有任何依據可以說這是口頭威脅。一旦我們擔憂的事成為現實，你夢見的亡靈可就不止十個百個了。你將成為造成大量死亡的禍首，名字會被大大刻在犯罪史裡。」

「我知道了、知道了啦！」

出雲受夠了似地伸出一隻手。

「我先聲明，我不知道哪些重要哪些不重要哦。」

「這個我們會判斷。」

「那，你想問什麼？」

「既然你會送權藤先生品牌米，可見你們是有交流的吧？」

「是啊，我去過伯父家好幾次，順便討他歡心。」

「你看看這張照片。」

占手川取出蓑輪的照片，貼在壓克力板上。

「蓑輪義純，享年六十歲。一直到去年都是都廳的職員。你有沒有聽權藤先生提起過這個人？」

出雲瞇起眼睛仔細看照片中的蓑輪，但不久後將頭一偏：

「沒聽說過。」

「真的嗎？」

「在看照片之前，我還想著不知道自己掌握著什麼樣的情報，挺興奮的，看了卻很失望。我沒看過。」

「你伯父應該跟這個人有什麼交集才對。」

出雲又一次注視照片，還是搖頭：

「完全沒有印象。」

一下子要人想起來可能很難。古手川無力地收起照片：

「你和權藤先生見面時，都說些什麼？」

「主要是他說我聽。那個年紀的人，好像會很想要有人聽他說話，會自顧自說個不停。我伯父也不例外。我也是有點可以理解啦，就是希望人家肯定他的成就。」

「他可是當過都議員的人物欸。被你說得像是哪裡的小屁孩。」

「就是因為當過都議員才更會那樣啊。議員落選以後就是普通人，卻還記得被人家捧得高高的時候，所以就覺得現狀很難熬、很可恨。這種人就愛求關注。一心就想要別人肯定他誇他，簡直快想破頭了。」

「你好了解啊。」

「我朋友多的是這種人。」

「……請問，那位想被誇想破頭的權藤先生，跟你說了些什麼？」

「幾乎都是他的當年勇。什麼去美國考察又去英國考察的，那個年代的人為什麼對出國旅行那麼得意啊，真是莫名其妙。不過，是比對我的近況追根究柢輕鬆多了。只要隨便附和一下就好，也不用怕他不高興。」

結果，從出雲這裡找不到其他有用的證詞。

接著古手川拜訪了蓑輪家。

「外子的事真的很感謝。」

來應門的福美一見古手川便深深行禮。因為他們使出強硬的手段才得以送司法解剖，所以這樣的態度令一心以為福美很恨他的古手川感到意外。

「我早已做好吃閉門羹的準備。」

「那是因為當時我很害怕警察和解剖。可是，多虧了解剖才找出了外子真正的死因，我的心情也開朗多了。」

福美也是一臉雨過天青般的神情。

這裡也有一個被司法解剖解救的生者。

「您心情平靜了嗎？」

「是啊。遺體也在出棺之前回來了。雖然是有點特別的告別式，但也因為這樣更加令人難忘。」

「當時我們也是拚了命，造成您很多困擾。」

「既然你有這樣的自覺，我就不多說了。」

古手川應福美的邀請進屋。雖仍有失去家人的空洞，卻感覺不出之前的悲切。被留下來的人的哀傷當然還在，但給人了悟後不再尖銳的印象。

「今天來拜訪，是想請教蓑輪先生生前的一些事。」

「如果是外子上花街的事，我已經不想再提了……」

「不是那件事，是更日常的。例如他有沒有與哪位議員來往，或是和都廳的職員一起去喝一杯等等。」

古手川表明他正在調查包生絛蟲的感染源，福美的表情頓時緊張起來。可見她對致丈夫於死的寄生蟲有些想法。

「也就是說，刑警先生正在調查的，相當於外子的復仇戰？」

「說得好。是啊，您可以這麼想。蓑輪太太的證詞與終結寄生蟲有直接相關。」

「可是，那種叫作包生絛蟲的寄生蟲只棲息在北海道吧？這樣的話，我說的可能幫不上忙。因為，就我記憶所及，我先生應該沒有去過岩手以北的地方。」

「都廳出差也沒有嗎？」

「準備出差的換洗衣物是我的工作，所以我記得很清楚。至少我們結婚以來，他從來沒去過北海道。」

「那麼，他有沒有與一些議員往來呢？例如：權藤要一前議員。」

「權藤先生……不，外子的部門是知事本局，我聽他說與都議會議員幾乎沒有交集……」

福美的話突然中斷了。

「怎麼了嗎？」

「等等……請稍等一下哦。我想起有一次他和議員一起行動。」

說完，福美離席去了另一個房間。回來的時候手裡拿著一張照片。

「外子人很老派，不喜歡用數位保存資料，照片還是會洗出來。」

照片右下角是四年前的日期。2013.8.25。

「這是？」

「去美國考察。出發前，在機場大廳拍的團體照。外子說好像土包子進城很丟臉，但這類照片很難得，所以我還是一直留著。剛才我也說過，外子因為所屬單位的關係，真的很難得和議員一起行動或是出國旅行。」

最後幾句話古手川根本沒聽進去。

終於找到了。

3×5的團體照裡，權藤與蓑輪不自然的笑容並列著。

2.

古手川告別蓑輪家後直奔都廳。四年前的出國考察。考察的目的若與政策相關，那麼隸屬於知事本局的蓑輪與當時身為議員的權藤在這裡有交集也就合理了。

只有一件事很令人在意，就是考察團的目的地是美國。包生絛蟲的感染源如果是國內也就罷了，要是擴及遙遠的美國，自己就無計可施。

到了都廳，古手川立刻申請調閱都議會活動報告相關文件。範圍很明確。2013.8.25、國外考察的所有行程與成員。

申請後等了長達二十分鐘，終於回來的櫃檯女子的回答令人意外。

「非常抱歉，我找過了，但那份紀錄不存在。」

怎麼可能！

「可是，這個日期的確有考察團去美國才對啊！」

「是的，活動紀錄一覽裡也有這個預定事項。但是，完全找不到您要的考察紀錄和成員的報告。」

櫃檯女子以一臉事不關己的神情接著說。

「不，可是，這類官方紀錄在輸入資料庫之前，應該保存了紙本的吧。不然紙本的也可以。」

「電子或紙本的都沒有。」

櫃檯女子的語氣極其淡然，完全感覺不到歉意何在。說公家機關都這樣當然沒錯，但就連縣警本部一樓櫃檯的態度都比她好。這下，古手川天生的急性子忍不住抬頭了。

「我自己去查。」

身分證明就是用在這個時候。從懷中掏出警察手冊，拿到對方面前。

「請稍等。」

也不知在擺什麼架子，櫃檯女子一度離座，過了一陣子才回來。

「議會相關的各種報告都在都議會圖書館。不過委員會的會議報告、各派責任協議會、各派代表會、常任暨特別委員長會議的報告，議會局議事部議事課委員會科也可以調閱。請問您要去哪一邊？」

「兩邊。」

接著都議會圖書館和議事課委員會科兩邊古手川都去了。都議會圖書館遠比預期的大，光是二〇一三年度的紀錄就占了半個書架。本想靠目錄來找個大概，卻因為羅列的全都是陌生詞語無法掌握內容，結果只能一頁頁翻。

過了三個小時還遲遲翻不到想找的資料，閉廳的時間就已經快到了。

「再十分鐘圖書館也要閉館了。」

圖書館的櫃檯人員來告訴他時間到了。本人也許沒有惡意，但每一個字古手川聽起來都覺得有排斥反應。心想明明大家都同樣是公務員，警察果然走到哪裡都是異類嗎？

「我會再來的。」

古手川留下這句話出了圖書館。不是撂狠話，就真的是字面上的意思。

第二天，古手川帶著真琴再訪都議會圖書館。

「那，為什麼我得在圖書館裡撈資料？」

「我一個人找也可以，可是那就會更花時間。兩個人一起找，時間只要一半。」

「可是，這是縣警苦心為古手川先生安排的工作吧？」

「只要能縮短時間，就能更早查明包生絛蟲感染源。而且對這類文書，真琴醫師比我更有耐受性，或說更有免疫力吧？」

「什麼耐受性免疫力的，別把文書說得像病菌似的。」

真琴邊說邊從架上抽出一本紀錄簿，迅速瀏覽目錄。隨意翻了幾頁，馬上就又闔上。

「不愧是都議會的議事錄，整理得很好。」

「真有效率。」

「掃一下整個字面，就能大致掌握內容。這是看參考書的訣竅。」

「哦，醫大的入學考啊。」

「警察沒有筆試嗎？」

「有啊，定期舉辦。像一般的升級考之類的。」

「那，古手川先生也得學起來。」

雖好奇真琴到底對自己有何期待，但現在不是追究那些的時候。要請她教所謂的訣竅，把都議會的紀錄找出來。

兩人翻了三個小時，得到一個結論。

雖有二〇一三年八月二十五日議員出發前往美國考察、同年九月二日回國的報告，卻找不到這九天當中的相關報告。有的只有考察的費用明細與許多票券類，但光是這些看不出曾去過哪裡。

「好奇怪。」

真琴在翻過的書架前盤起雙臂。

「明明記載了去考察的事實，卻沒有最重要的考察報告。」

「會不會是保管在議事課委員會科那邊？」

「那邊當然也要找，可是記載了事實的紀錄和記載了明細的紀錄存放在不同的地方很不合理。」

「可是，這裡找不到。難不成是保管年限過了？」

「那也很奇怪。因為二〇一二年和二〇一四年的紀錄簿裡，分別都留下了美國和英國考察的詳細紀錄。」

說完，真琴便拿起二〇一二年度的紀錄，翻開。古手川一看，裡面的確詳細記載了考察計畫、行程、滯留地、投宿飯店以及各項費用。

「妳是說只有二〇一三年的考察紀錄被刻意刪除了？」

「與前後的紀錄對照來看，只有這個可能。」

「感覺是人為的。」

「超明顯的。」

都議會圖書館沒有紀錄，照這樣看來，議事課委員會能不能找到也很難說。

不過既然找不到以紙本為本的紀錄，那就從以人為本的紀錄去找。

古手川拿出那張團體照。

「對照議員名冊，把這張照片裡的每個人的姓名住址全找出來吧。」

他們很快就找到附大頭照的二〇一三年度議員名冊。團體照裡一共七個人。其中之一是以知事本局政策部政策課職員身分隨行的蓑輪義純。其餘六個都是同黨的都議會議員。姓名如下：

- 權藤要一（歿）
- 柴田幹生
- 滑井丙午
- 多賀久義
- 栃嵐一二三
- 志毛晴臣

「光是知道其餘五人是誰也算有進展了。」
真琴看著當下做出的名單說，似乎放心了些。
「雖然不算查明感染源，但這五個人很可能也同樣被包生條蟲寄生。必須及早動手術清除。」
「這方面我有一個腹案。」
「什麼腹案？」
「以清除包生條蟲為條件，去逼問他們考察紀錄為什麼被刪了。」
真琴眉頭微蹙：
「這我難以苟同。」
「我明白真琴醫師的意思。以生命作為談判籌碼很不應該是吧？」
個子比較矮的真琴抬眼瞪古手川。古手川雖然不怕，但老實說那視線讓人覺得很痛。
「我覺得那樣很卑鄙。」
「也許。可是，法醫學教室的目的是查出包生條蟲的感染源不是嗎。一直不知道感染源，以後死亡者會越來越多。妳要把這個和逼問可疑帶原者的卑鄙放在天平的兩邊比嗎？」

自己也覺得出這一題很壞心。這是將真琴的職業倫理和使命感放在天秤的兩邊。無論選擇哪一邊，顯然都會在真琴內心留下傷痕。果不其然，真琴面對選擇顯得猶豫不決。

古手川再也看不下去了。這時候黑鍋就應該由自己來背。

「去向那五個人了解情況是他們派給我的任務，所以我要憑我自己的判斷來進行。等我問完了真琴醫師再罵我就好。」

「我幹嘛要罵古手川先生？」

「罵我，就能保住身為醫師的面子。妳試著阻止我了，我卻不聽。這樣的架構每個人都能接受。」

「……你白痴啊？」

「啊？我是為真琴醫師著想！」

「不管誰能接受，我不接受不就沒有意義了嗎？」

真琴憤而逼問。

「請不要裝酷自己一個人攬下一切。你到底把我當成什麼？我已經不是實習醫生了。我是浦和醫大法醫學教室的一員，有資格發表意見，做錯了事也有責任。」

「……是我不好。」

古手川舉起雙手平息真琴的怒氣，一邊道歉。他從沒看過她情緒這麼外露。

「可是，真琴醫師，縣警本部是應法醫學教室的請求，正式把我派為專屬人員。既然要做專屬調查，就要徹底盤問那五人。這件事搞不好會禍及幾百、幾千個人對吧？那就不能手下留情。也必須進行真琴醫師不喜歡的詢問。」

「你到底搞錯了什麼？我是說難以苟同、很卑鄙沒錯，可是我沒有說一句反對呀。」

「咦！」

「卑鄙也好，違背我的信條也好，為了查出感染源，有些事情就是沒辦法。可是，我不要古手川先生一個人承擔。要弄髒手，我也一起髒，要負責的時候，也一樣有難同當。」

看著真琴有幾分泛紅的臉，古手川很感佩。

同時自己也感到慚愧。

「我明白了，真琴醫師，我們有難同當。但必須分配任務。」

他們最先訪問的都議員是柴田。當選都議會議員五次的老手，七十三歲。擔任派系領袖，在都議會裡的分量沒有人能與他比肩。

柴田的住家在大田區西蒲田。或許都議的收入豐厚，柴田宅也是獨棟屋。古手川與真琴以過世的議員同事一事約談，柴田爽快答應見。

「是權藤先生的事吧。實在很遺憾。還在世的人當中，我不知道還有誰像他對都議會做出那麼大的貢獻。唉，真是都議會的一大損失。」

柴田以誇大的口吻推崇權藤。儘管是社交辭令，但出自這男人之口，不知為何便讓人背上作癢。古手川咬牙忍住，開始發問：

「想請教您的是二〇一三年，您與同黨議員赴國外考察一事。當時您也與權藤先生等人同行吧。我們從都議會圖書館的紀錄確認過了。」

柴田臉上立刻浮現警戒之色：

「都議的工作繁重，一個年度結束我滿腦子都想著下一年度的事，不太記得。不過既然你說紀錄有，那就是有吧。那又怎麼了？」

「紀錄上顯示您一行人的考察在美國停留了九天。奇怪的是，到處都找不到具體的地點和行程表。」

「只要實際進行過考察，費用正規正用這兩項事實明確就好。」

「不，先不論好壞，只缺了二〇一三年的紀錄這一點令人不解。二〇一二年和二〇一四年的明明都在，只有二〇一三年的美國考察找不到。連目錄也沒有，很不自然。」

「保管紀錄是事務局的職責。你問我，我也無從回答。」

「當時的事務局長是丹羽先生，對吧。他前年過世了。」

「對。原來你查過了啊。」

「據說柴田先生不僅對丹羽先生，對當時的事務局也有絕大的影響力。」

一連串的問題問下來，柴田依然不改他傲然的態度。

「說絕大的影響力未免誇張，但當選了五次的老狐狸狐臭味自然濃了點。身邊的人只是對這味道有反應而已。」

「不是您對事務局長施壓，要他刪了考察的詳細報告的嗎？」

「莫名其妙。就像我剛才說的，有考察的事實和費用沒有濫用就沒問題。二〇一三年是因為這樣判斷沒有記載，但第二年又恢復舊制。應該是這樣吧？」

辯解得好差勁，但這說法讓古手川有種既視感。搜尋記憶，浮現了有一次瞄到國會答辯的情形。柴田的說話方式，就和那個油條的國會議員一模一樣。國會議員和都議會議員，地位雖不同，但凡是議員都會變成這樣嗎？

「既然沒有紀錄，就只能靠記憶了。柴田先生，您二〇一三年的考察去過哪裡、看了什麼？」

「同樣的話不要讓我說好幾次！」

柴田明顯變得很不高興。不，是故作不高興拉起防線嗎？

「我們議員只看現在和未來。四年前考察過哪裡、什麼行程，我哪裡記得。」

所以你把稅金用在你不記得的考察上嗎——這句話都已經到了嘴邊，但古手川吞回去了。

「而且，你為什麼一直問考察？不是要談權藤先生嗎？」

「您知道權藤先生和蓑輪先生的死因嗎？」

「嗯？我聽說是肝癌。」

「因為公開時沒有公布他們的名字，一般人並不知道，但他們的死因是寄生蟲。一種叫作包生條蟲的寄生蟲的突變種寄生在肝臟釋放毒素，讓他們得了肝病。在這裡的，是協助他們司法解剖並且目擊寄生蟲的法醫。」

介紹了真琴是法醫後，柴田的警戒之色又變了。

「是寄生蟲要了他們的命？」

見柴田有幾分驚慌，古手川朝真琴使了眼色。從這裡換人上場。

「我是浦和醫大法醫學教室的栂野，權藤先生的司法解剖我也在場。」

趁著柴田一臉驚愕地沉默時，真琴說明包生絛蟲症寄生會對人體造成什麼影響。囊泡在宿主沒有自覺症狀下繁殖，某一天突然發威。從外表只會像是肝癌細胞，當自覺症狀出現時，對症療法幾乎無效。就現狀而言，除了驅除寄生蟲沒有別的治療方法——。

柴田的表情越來越難看。

「真的嗎？」

「醫師不會在這種事情上造假。」

「妳是說我也被那種寄生蟲寄生了？」

「既然您曾與權藤先生和蓑輪先生一起行動，就有可能。我建議您儘早接受精密檢查。」

「最先報告包生絛蟲病例的便是她們團隊。您無論是想檢查還是手術，都推薦您去浦和醫大。不過在那之前若您願意找回您遺忘的記憶，我們也會設法安排讓您最優先動手術。」

柴田雖惡狠狠地瞪著古手川，卻像是心中有鬼，失去了冷靜。在他們兩人臉上轉來轉去的視線試圖探尋真正的用意。古手川決定追擊。

「柴田先生，您隱瞞的事會讓包生條蟲疫情無限擴大。身為選民所選出來的公僕，您真的要這樣嗎？天曉得這次寄生蟲的事會如何演變，但當一切解決時，一定會追究責任。明明知情卻閉口不言的人想必會受到社會相當的制裁。到時候，柴田先生您要如何面對？」

即使逼他回答，柴田仍是撇著嘴一個字都不肯說。

兩人接著去的是多賀久義議員的住處。當選次數兩次，在都廳擔任二十年職員後參選都議員，於第二次參選時當選。

年齡五十四、五歲。一方面也因為在都議會中給人中堅的印象，長相顯得精明強悍。這年頭議員也要看外表，當票數會受到年輕的外表影響，裝年輕也就成了必要才能。

「兩位說是為了權藤先生而來，有什麼必須出動警方的原因嗎？我聽說他是因為癌症病逝的。」

古手川重複了之前向柴田所做的說明，不出所料多賀也出現半懷疑半恐懼的神情。仔細想想，聽到「一種有劇毒的寄生蟲正盤踞在你體內」時，不會半信半疑的人應該是少數吧。這時就換真琴出場。警察加醫師的說服使可信度有了保證。而且多賀身上並沒有顯現出柴田那種老奸巨猾和厚顏無恥。

「換句話說，我身上也可能有那種包生絛蟲寄生？」

「是的。在演變至不可收拾的階段之前幾乎沒有自覺症狀。等到開始有感覺了，便是慘極人寰的痛苦。」

真琴以責怪的眼神瞪過來，但這樣的威脅還在容許範圍內吧？

「多賀先生，二〇一三年的海外考察到底發生了什麼事？」

這時多賀也出現與柴田相同的反應。

到了這一步，古手川非常確定。只要提到那次美國考察之旅，關係人就一定會支吾其詞。與包生絛蟲的關係雖然尚不明瞭，但那次考察必定隱藏了某種不能公開的事。

但多賀的自制力也非同小可，古手川步步逼問也不輕易鬆口。

「換個話題，請問多賀先生為什麼會想選都議員呢？」

「關於這個問題，刑警先生，我想不止我，很多都議員都一樣，希望以自己的見識與能力為都政盡一份心力。」

「包生條蟲要是蔓延開來，只怕就管不了都政了。就像我們剛才說明的，一發病就回天乏術了。在醫師束手無策的當下，屍體便堆積如山。而這份責任就要回到不願協助找出感染源的幾位身上。屆時死者是上百甚至上千人。您要怎麼對那些死者和家屬交代？」

太誇張了——多賀一笑置之，眼神卻游移不定。

「寄生蟲怎麼會引起大流行？別因為我是外行人就把我給看扁了。寄生蟲又不是傳染病。」

這時換真琴上前。

「是的，多賀先生說的沒錯。包生條蟲不會人傳人。但是只要感染源不明，任何時候、任何人都有可能發病。」

或許是感受到真琴與生俱來的誠懇吧。多賀聽著聽著樣子便發生變化。頑固漸退，恐懼代為上前。

「這位刑警先生所說的既沒有騙人也不誇張，末期的包生條蟲症伴隨著即使是男性也會昏死過去的痛苦。拜託您，請告訴我們您到美國考察時去了哪裡、與誰接觸過。」

真琴以真摯的眼神看著多賀。古手川也看得出這不是演技。她不止是想問出情報，更希望能夠救人。

多賀的眼神因猶豫而閃爍。兩人默默等著看多賀的決心朝哪一邊偏，但看來他拒絕敞開心胸。

「我不能說。」

聲音彷彿是從身體深處擠出來的。

「這不是我一個人的問題。」

「多賀先生，我再說一次。你的自私結果可能奪走幾百幾千條性命。這樣你還是要死守著你的秘密嗎？」

「你們請回吧。」

多賀已經連看都不看他們了。

「這不是我能說的。」

第三個訪問的是滑井丙午，當選過四次議員，六十六歲。乍看儼然是慈祥的老先生，但眼底卻不斷閃著不能掉以輕心的暗光。

古手川一告知來意，滑井便輕蔑地笑了。
「想知道美國考察的詳細內容？把那麼久以前的往事挖出來又能如何？都已經過了四年了。四年的時間，絕大多數的事物都變了一個樣子。你們所說的包生絛蟲什麼的搞不好都不在原來的地方了。」
聽起來似乎有理，其實是為了拒絕回答的強辯。古手川完全沒有把這些話當一回事的意思。
「包生絛蟲也許就是利用這四年在權藤先生和蓑輪先生體內茁壯成長。據這邊這位栂野醫師說，有些種類的寄生蟲具有強韌的生命力，能夠在人類無法忍受的環境下生存。所以，」
古手川毫不客氣地看滑井的肚子。
「無論滑井先生多麼注重養生，要是被寄生了，不動手術清掉就下台一鞠躬了。」
「你這是威脅我？」
滑井睥睨般瞪古手川。
「用不著拜託這位醫師，我也認識好幾打名醫。如果你們是打算用手術作為交換條件，未免也想得太美了。第一，我平常就認為與其久病厭世不如痛快了斷。肚子裡養著寄生蟲一下就過去的死法理想得很，我歡迎都來不及了。」

竟然給我看這麼開——古手川內心暗罵。雖然稱不上豪傑，但這種類型的人的確不少。就是寧願相信如煙火般華麗散去才是宿願，而不願賴活的那夥人。

然而，自己的性命也就罷了，連他人的性命也不看在眼裡，那就是另一個問題了。

「不是只有您。這與您一同考察的議員同事、考察當地的人都有關。隱瞞資訊事關他們的生命。您也是被選民選上的，難道不應該負起相對的責任嗎？」

「哼。少拿大帽子來扣我。你以為憑那種半吊子道理就能讓我屈服嗎？」

「不敢。只是希望您能協助調查。」

「在我之前你們去找過誰？」

聽到柴田與多賀的名字，滑井窺探般看著他們。

「你們去找過他們兩個才來找我。換句話說，他們也都還沒有說。你們以為那兩個軟弱的都沒說的，我會說嗎？」

「您計較這種事有意義嗎？一旦包生條蟲症疫情擴大，就不止是考察團的問題了。」

「好好的大人不肯開口，而且官方紀錄也被刪除了。從這兩點你們應該就猜得出我們為什麼不說了吧？」

「那不是正經的考察之旅。」

「哼！會認為有正經的考察之旅的想法本身就有問題。聽好了，現在網路這麼發達，靠網路就能知道海的另一邊是什麼樣子。有些事是要到當地才知道，但才短短七天十天就能搞懂的東西都不是什麼了不起的知識。全國各地方政府的議員所參加的考察，多多少少都只是遊山玩水。重要的是，在不在市民的容忍範圍之內。」

滑井挺出他的鮪魚肚。「人人都知道議員考察是遊山玩水。也有人當這是議員報酬的一部分，也可以說，議員就是被默許這麼做。」

所以事情嚴重到這麼厚顏無恥也還是不敢說？

無隙可乘，古手川除了咬牙也別無他法。

其餘兩人，栃嵐和志毛堅拒面談。不難想像是先前造訪過的那三人跟他們通了消息。

3.

真琴與古手川幾乎是被轟出門般回到法醫學教室，結果又差點被最恐怖的人轟出去。

「聽他們胡扯一通，你們就摸摸鼻子回來了？」

光崎真的動怒的時候，會以低得像貼地般的聲音低聲說話。現在就是那種聲音。

「大方承認陋習承認軟弱。就是因為你們肯聽那些沒營養的辯解才會被議員那種東西的狗屁理由耍得團團轉。既然年紀輕輩分低，就別想靠見識取勝。不然你們的力量、氣勢都是幹什麼用的！」

「不是啊，我們不是在相撲。」

「都一樣。你們還沒上土俵就退縮了，連就位都沒就位。怎麼？看到議員頭銜就怕了？」

真琴被說中，不禁握緊拳頭。古手川不算，自己在面對那三人時，確實很在意議員的身分。意識到自己與對方的差距，無法好好談判。

光崎把她的動搖全都看在眼裡。單邊眉毛一揚，便逼問真琴：

「有真琴醫師在還這個德性？」

真琴正要道歉時，古手川插進來：

「真琴醫師以醫生的立場說明了包生條蟲症的危險性。是那些議員的個性有問題，明知道危險還是不肯開口。」

古手川邊說邊帶動作，但張開雙臂的樣子看起來也像護著真琴。

「動不動就擺出特權階級的架子，對我們的話也愛理不理。不過在真琴醫師說明包生條蟲症的症狀有多可怕的時候有正經一下就是了。大概是認為他們是選民選出來的特別人物吧。」

「管他本人多自以為是，肚子裡的東西人人都是一樣的。得了癌症就會器官衰竭，寄生蟲寄生就會在裡面產卵。議員也好、人間國寶也好，怎麼就不能讓他們相信乖乖聽醫生的勸才是上策？」

「不是，那個……」

「就是不夠認真！」

這回光崎逼問起古手川來。

「能不能找出感染源全都要看你的表現，在這樣的緊要關頭卻因為你不夠認真沒能逼那群蠢蛋開口。你這小子平常明明有埋頭猛衝和率性行事的毛病，真該用的時候倒是都改了。你這樣子，根本就是個熊孩子。」

「熊……」

「對方要擺議員的架子，你就擺你警察的架子，亮出手槍不就得了。」

「那太亂來了！」

「笨蛋！這是比喻。我是叫你拿出這樣的氣魄來辦事！」

真琴倒是很懷疑。她覺得光崎是真的很有可能下令要古手川去做幾近威嚇的事也不以為意。

然而話說回來，這就意味著光崎有多焦躁。這位有名聲有地位的老教授，正不顧一切地掙扎。想一想，為了徵召一個調查員來查出感染源，還親自前往縣警本部就已經是大事一件了。那個平常對真琴和古手川頤指氣使、自己只會拿手術刀的人，這次正在東奔西走。

包生條蟲症雖由城都大公開發表，但社會並沒有體認到其嚴重性。而目前只有兩名犧牲者，也不至於甚囂塵上，完全沒有危機感。雖然鬧得誘發民眾恐慌也不好，但相反地漠不關心在防疫上也是問題。

無論如何，包生條蟲症令人害怕的就是不聲不響地躲在深處蠢動。有些地方即使開刀也挖不出來，所以光崎才會著急吧。

「再去問那五個議員一次。」

光崎以那種低低的聲音下令。

「既然目前的線索就只有那五個人，無論如何都要他們招出曾經在哪裡訪問、停留。」

古手川一臉被老師出了難題的學生樣。要再訪一度被轟出門的對象令人厭煩，如果實力太過懸殊的對象就更令厭煩了。而且對方已經知道己方的目的，連見不見得到面都很難說。

「怎麼了，小子，負擔太重？」

「他們都是有地位的人啊。光靠一本警察手冊，效力太差。」

「你是看對方立場工作的？」

「不是我怎麼樣的問題，是對方的態度。同樣都是公務員，但我是一般職，他們是特別職。」

就古手川而言，這是難得自卑的言論，但這也形同換了一個形式的嘲諷。前一天的訪談中，柴田、滑井以及多賀的反應實在令人看不下去。他們雖然會照常應答，但時不時對兩人投以鄙夷的視線。古手川認定那是搞特權階級，就真琴所見，確實一點也不誇張。

「哼。你是說，巡查部長的頭銜要當通行證不夠力？」

「巡查部長根本連頭銜都稱不上。」

「那就帶我去。」

「咦！」

「大學教授這種頭銜送我都不想要，但多少還有點用吧。」

真琴懷疑自己是不是聽錯了。難不成他要在都議員面前發揮他平日的唯我獨尊？

古手川已經轉述了前幾天光崎造訪縣警本部時的言論。據說光崎竟然在刑事部長與渡瀨面前傲然給他們出不合理的難題。也是因為這樣，古手川才會暫時被派為生活安全部生活環境課保健衛生第三科這個名稱好長的單位的支援人手。因為光崎平時受託相驗和司法解剖，在縣警本部可以無理取鬧，但找上議員就形同尋釁了。

「光崎教授，您是說您也要幫忙說服嗎？」

「真琴醫師和你這小子聯手也無功而返不是嗎？我不開口怎麼成。」

真琴擔心會不會反而打草驚蛇。光崎身為執刀醫師的實力與存在感任誰都無法否認，但反過來，關於教授的政治能力與談判能力她卻聞所未聞。雖然聞所未聞，想到他平常的言行也只有絕望。所謂的唯我獨尊，是不需要談判能力的。

讓這樣一個人去說服別人會有什麼樣的結果？十之八九，最好的狀況就是談判決裂。

「肯見你們的那三個議員當中，誰看起來底盤最不穩？」

「又在講相撲啊？」

「談判和相撲是一樣的。」

「依我的感覺，屬於中堅份子的多賀看來最弱。他給人的印象是不敢自己吐露秘密，也不敢出賣其他同夥。」

光崎思索片刻，然後不悅地下令：

「先去找拒絕會面的那兩個。」

古手川一個人當然不可能控制得了光崎。話雖如此若再加上凱西，真琴現在就能想見談判會更加膠著。既然如此，自動就變成自己必須隨行了。

視線不經意與古手川交會，兩人不約而同地嘆了一口氣。

或許是以浦和醫大與光崎的名字提出面談請求奏了效，栃嵐答應在自家兼事務所接受訪問。

栃嵐一二三，五十五歲，當選次數三次。與柴田和滑井等人屬同一派系，在派系中也被視為中堅。不，從他對柴田和滑井唯命是從，拒絕與古手川面談看來，應該說他是忠犬才對。

因此當栃嵐得知面談對象當中竟然有一個埼玉縣警的刑警，當然會劈頭就抗議。

「我根本沒聽說會有刑警來。我是因為浦和醫大的光崎教授才答應見面的。這樣根本是暗算嘛！」

真琴覺得就一個五十五歲的中堅議員而言，這番話實在很幼稚。雖是抗議，當中卻透露出無法遵守前輩議員忠告的懊惱。

「我不得不說，這是埼玉縣警手段卑鄙，竟假借浦和醫大和光崎教授的名字。我要嚴正抗議。」

「你這人講話真是莫名其妙。」

光崎一開口便是這句，桥嵐似乎愣住了。

「確實是有警察站在那裡，不過他就像我的保鑣。證據就是，坐在你正面的是我，發問的也是我。議員若說這是卑鄙的手段，那麼不僅侮辱了我，也侮辱了浦和醫大，你的話是這個意思？」

意想不到的反擊令栃嵐窮於回答，只見他半張著嘴僵在那裡。

「再說，你會討厭別人帶著警官實在令人不解。議員與我的談話被警察聽到有什麼不方便嗎？」

「不，絕對沒有這回事。」

只見他語帶辯解，卻又不知想到什麼，重新調整了姿態。

「議員的活動，一些不至於要正式報告或是留下紀錄的事案，有時會產生守密義務。作為民主國家，不容許警察權力介入。」

這種話，就連旁聽的人都只覺得空洞。為了保護自己也只說得出這種程度的話，在議會的質詢答辯可想而知。

就連真琴都這麼想了，坐在他正面的光崎肯定會噴飯。果不其然，只見光崎的眉毛上下動了動。
「你誤會得離譜。」
「咦？」
「我特地來到這裡，既不是為擾亂集蠢人和笨蛋於一堂的議會，也不是為了聽讓三半規管失能的噁爛廢話，我是為了想救你一命。」
「謝謝您的關心……」
「不，你一點都不感謝。很久以前，名為希波克拉底的古希臘醫師留下了寶貴的話。他要我們無論去哪一戶人家都不分自由人或奴隸，正派行醫。這就是《希波克拉底的誓言》，至今仍是所有醫療從業人員的指南。因此我現在說的是，就算你是為議員這個賤業廢寢忘食的人，我也會醫治你。你要感恩。」
或許是頭一次親眼看到他人如此傲岸不遜，栃嵐眼睛睜得斗大，聽光崎說話。
「我會給你介紹頂尖的執刀醫，但你要回答我的問題。」
這時候栃嵐才似乎回過神來：
「聽說是大學教授我才同意見面的，您說話還真不怎麼客氣。」
「我這已經有所節制了。我說我要救你的命。你乖乖回答就是。」

「我不明白我有什麼理由非得請教授幫忙不可。」

「你應該已經從你同事議員那裡聽說包生條蟲症了。」

「我的確是聽說了。據說是什麼突變的寄生蟲。哼，區區寄生蟲算什麼。那種東西吃個藥就治得好，就算要動手術，除了光崎教授以外應該也有能執刀的醫師。」

「你肚子裡有包生條蟲寄生，你不覺得有生命危險嗎？」

「我們這個世代的人，小學時一天到晚就要做蛔蟲檢查，所以我們對條蟲什麼的寄生蟲有耐受性。不要拿一輩子都活在衛生環境裡的年輕人跟我們相提並論。」

是嗎——光崎低聲說道，然後回頭向真琴伸出手。真琴照事先說好的，從公事包裡取出檔案夾，遞給光崎。

「那是？」

光崎將檔案夾拿到一臉訝異的栃嵐面前：

「你的前同事權藤要一和都廳職員蓑輪義純的照片。」

栃嵐嘴裡說著這有什麼好看的，一打開檔案夾，頓時嗚的呻吟一聲。

裡面確實是照片沒錯，只不過都是司法解剖時拍攝的、各器官的微距攝影。

「拍攝各器官的目的是為了找出死因，但最關鍵的仍是肝臟。你看，這裡有大範圍的變色吧。這就顯示已經出現肝功能障礙了。」

光崎把臉湊過來解說。栃嵐不快地皺著眉，卻也無法讓視線從檔案夾上移開。

「但特異之處是集中在肥大的肝臟下方的囊泡體。與肝臟本身比較，看得出異常巨大吧？」

「對……」

「下一頁，是囊泡裡的東西。仔細看好。」

栃嵐一定是整個人都被頭一次看到的囊泡的詭異不祥嚇傻了。彷彿被下了咒般，光崎叫他翻頁便翻頁。而看到下一張照片時，眼睛睜得好大。

那是單隻包生條蟲的放大照。

「分類上牠是多胞條蟲，外形就是蟲的樣子。就是這種生物擠在囊胞裡動來動去，成長之後便會咬破囊泡整群跑出來。當然會使肝功能低下，不僅如此，這些突變種會釋出某種毒素，急速破壞肝細胞。」

低低朗讀般的聲音，在一旁聽著神經也備受威脅。近在耳邊的栃嵐承受得了嗎？

「權藤、蓑輪兩人毫無預兆地喊痛，緊急送醫時已經回天乏術。他們最後有多痛苦，不知道你那些議員朋友告訴你了嗎？身體在床上縮成一團，全身流下大滴冷汗，一直痛苦到失去意識。也難怪了，本來應該一步步慢慢侵蝕的，卻在幾個小時之內便讓人失去意識。而且在那之前完全沒有自覺症狀，當然也沒有心理準備。用突襲珍珠港來形容是老調牙了點，不過就跟那差不多。照常過日子劇痛卻突如其來，無法解決也無法止痛，只知道自己一定會死。而且誰也救不了。」

「……這是威脅嗎？」

「怎麼會是威脅！就算同樣的東西塞滿了你的肚子，你對條蟲什麼的那些寄生蟲有耐受性，傷不了你不是嗎？」

「不，我說說而已。」

「包生條蟲症最麻煩的地方，就是病情惡化到一定程度還是不會出現自覺症狀。因為沒有自覺症狀，患者就不會發覺自己被寄生，繼續在肚子裡養蟲。」

「可是現在有厲害的醫療儀器啊！我們有CT掃描、有MRI那些的，這種寄生蟲應該一下就能發現了。」

「這又是這種病另一個麻煩的地方。寄生蟲極細小，又潛藏在囊泡裡，囊泡本身又與良性的無法區別，MRI也檢查不出來。」

光崎臉上不帶一絲笑容地說著可怕的話。這些話一點也不誇張，只是仔細說明權藤和蓑輪身上發生的事、以及他親自剖腹後見到的東西而已。但微小的寄生蟲的詭譎仍無止境地襲向神經。

「現在，只有我有將這突變寄生蟲從肚子裡取出的經驗。由其他醫生執刀，他們能不能發覺寄生蟲潛藏的囊泡，目前沒有病例也無法斷定。但是，我一眼就能看破。」

驀地裡真琴明白了。

光崎曾說，既然都議員愛擺議員架子，那古手川就亮手槍。古手川和真琴都當成笑話，但光崎或許是半認真的。

現在，光崎施加的分明就是醫生式的威脅。而且是以光崎才拿得出的條件來談判。光崎大膽用了他平常絕對不會用的方法。

他為了找出感染源豁出去了。

往旁邊一看，在這種場合本該出面制止的古手川正袖手旁觀。他也是親眼目睹光崎的拚命而沒有出手的。

栃嵐的樣子產生了變化。所謂百聞不如一見，從同事議員那裡聽來的想必早已被光崎出示的照片顛覆。當初不遜的眼神也已轉變為畏懼與遲疑之色。

「參加考察團的議員一個個死不開口，想必是有心虛的理由。但是，我對那種事一點興趣也沒有。像你們這種混蛋議員怎麼揮霍民脂民膏，我理都不想理。」

雖是一貫的毒舌，但栃嵐氣勢餒了，變得像隻被蛇虎視眈眈的青蛙。

「所以你也用不著在意保身和懲罰那些。把你知道的全都給我說出來。」

「……可是，那邊有個刑警啊？」

「把他當擺飾就行了。他是縣警本部保健衛生第三科的，關心的是感染症的防治，不管混蛋議員的花天酒地。」

只見被說成擺飾的古手川只能臭著一張臉站在那裡。反正這是光崎的個人秀，自己和古手川只是觀眾。

「好了，全都說出來吧。你們這些混蛋議員去了美國哪裡、住了哪些飯店、吃了什麼？」

栃嵐已經不止低著頭，連身體都縮起來，抵擋光崎的詢問。從照明的反射看得出來，他額上甚至在冒汗。

「為什麼不答？」

「……我沒有義務回答你。」

「守住秘密比你的性命還重要？」

「有的秘密就是這麼重要。」

「我再問一次。你無論如何都不回答?」

「這不是我一個人能決定的。」

「你自己不能決定自己的生死嗎?連這都要靠多數決，真可悲。」

光崎丟下這句話，旋即轉身走向出口，對栃嵐再也不屑一顧。真琴和古手川只好追上去。一直到走出栃嵐家才追上光崎。

「您為什麼在那裡放棄?」

「那傢伙不會再說了。」

「還不知道吧!所謂的詢問，不光是那樣威脅，還要加上安撫，兩者交替……」

「對於會胡扯什麼有比自己的性命更重要的那種人，說什麼做什麼都是白費力氣。」

真琴原以為光崎的臉一定比平常更臭，卻意外看到他臉上刻劃著懊惱。就連白目不落人後的古手川也看出來，不敢作聲了。

「小子，另一個還沒去找過的人住得近嗎?」

「在大田區，從這裡開車過去大約三十分鐘。」

「走吧。」

「剛才那個栃嵐可能馬上就去警告他了。」

哼！——光崎哼了一聲。

「那我就來告訴他警告根本沒屁用。」

位於大田區的志毛家是平平無奇的獨棟建築。家門前也沒有事務所的招牌，屋齡看來也不小，與旁邊的建築物大同小異。若是不說，應該沒有人會知道那是都議員的住處。

這次也是以光崎的名義訂了約。原先擔心在栃嵐示警下面談會被拒絕，但從對講機裡傳出來的聲音倒是聽不出那個意思。

至於古手川，則正在掃視門牌。真琴跟著看過去，上面有志毛與妻子，以及看似是兒子的名字。

「恭候多時了。」

來應門的志毛臉上的表情就已經不太好看。不知是無意隱瞞他的警戒，還是天生就小心謹慎，就連對真琴也顯得畏畏縮縮的。

志毛晴臣三十九歲，當選兩次。在都議會中肯定是屬於青壯派。臉上尚未見柴田或滑井那類油條世故和厚顏無恥，有種清新的氣質。一想到這樣的人多當選幾次以後，也會變得跟那些利欲薰心、權謀算計的人一樣，真琴就覺得空虛惆悵。

志毛請他們進屋。走廊牆上掛著開學典禮和運動會拍的一家三口全家福。

「內人去教學參觀了。今天很幸運，就我一個人。」

至於幸運指的是什麼，就不用問了。

「我剛才接到栃嵐先生的電話，說幾位輕易不會死心。就算今天拒絕見面，只怕還會一直上門。既然如此，今天老婆孩子都不在反而方便。」

光是承認不方便被妻子孩子聽到這一點，也算乾脆了。

「啊，請不要過度期待。我之所以這樣請幾位進來，是考慮到要是拒於門外有傷教授的面子。至少見過面、談過話，這樣也就可以交代了。」

完全就是重體面的人才會有的想法。看來他是依頭銜將光崎判斷為他們的同類了。

「廢話說完了嗎？」

光崎一副明顯心情不佳的樣子逼問志毛。

「你的正職是什麼？」

「正職嗎？在當議員之前是東京都的職員。」

「顯然以前和現在都沒有幹正事。」

「這什麼意思？真失禮。」

「你看人的眼光差到沒得救。你以為是個人物的人，全都落空了。」

「再失禮也要有分寸吧。」

「我們追查感染源，是為了避免一般民眾染病。被民眾選出來的人卻隱匿特定的有利消息，已經遠超過失禮，根本是不知廉恥了，你不認為嗎？」

光崎瞪著詞窮的志毛，將手向後一伸。不用開口也知道他的意思。真琴又遞上剛才的那個檔案夾。

「反正你也已經知道有包生絛蟲的照片了吧。百聞不如一見。」

志毛從光崎手中接過檔案夾，開始翻。

「我會看的，但您這麼做也是白費力氣。」

「我也跟你一樣。我要你看，是因為如果不讓你了解包生絛蟲症的實際情形就袖手不管，有礙我的名聲。像這樣讓你看了照片、說明了症狀的恐怖，也能減輕我的罪惡感。」

「真是歪理。」

「栃嵐跟你說過包生條蟲症是什麼樣子了嗎？」

「毫無預兆地突然劇痛，昏迷。出現自覺症狀的時候已經回天乏術，而且ＭＲＩ等等檢查也查不出來，很難發現。剩下的方法就是求助於唯一曾經取出寄生蟲的醫師光崎教授，沒錯吧。很精彩的談判技巧。您當大學教授真是可惜了。」

「不是談判，是請求。」

「……如果您指的是絕不低聲下氣的話，大概是吧。不過，儘管您特地前來，我還是無法答應這個請求。」

「你也是守住秘密比自己的性命還重要那一套？」

「我身為民選公僕，確實有不少比個人性命還重要的事物，並不是藉口。不過，救人性命的醫生大概很難理解吧。」

「看樣子你很清楚沒處理好會沒命是吧。」

「那當然，權藤先生和蓑輪先生都那樣走了。」

「聽說了他們兩人的死狀還是沒有改變心意？」

「光崎教授，您也有一、兩個要帶到墳裡去的秘密吧。」

志毛有幾分耍賴的味道了。

「如果是我一個人的問題，我立刻就會坦承，巴不得立刻請您檢查有無寄生蟲。可是，那是不行的。我有很多要保護的事物。」

這時古手川突然插進來：

「那當中當然也包括家人吧？」

志毛的臉色頓時變了。從都議會議員變回丈夫、父親。

「我看到您走廊牆上的全家福了。最新的是今年四月。那是令公子和秀弟弟的國一開學典禮嗎？」

「那又怎麼樣？」

「我和天倫之樂沒什麼緣分。每當看到那種照片，有時候心情上都會難以承受。」

「那和這次的事又有什麼關係？」

「剛才聽您說，您的性命並不屬於您自己。要是您現在因為包生絛蟲症猝死，您的妻子孩子的人生肯定會改變，而且是朝壞的方向變。」

真琴以複雜的心情看著古手川。志毛的性命不是他一個人的，這一點並沒有錯，而點明這一點本身也沒有錯。

然而，古手川之所以論及家人，純粹是為了要志毛吐實。就警察而言也許是正確的作法，卻也給人拿親情攻擊的負面印象。

只不過，這也許是古手川的好意。光崎不會說那種形同以家人為人質的威脅。就算那是最有效的切入點，這位老教授只怕也不會用。真琴可能也做不到。

在場能夠自然而然做出那種事的，就只有古手川一個。所以他才不惜扮黑臉。

「權藤先生和蓑輪先生的狀況還算好的。權藤先生算是沒有家人，蓑輪先生則是只有妻子。至少不會有孩子為喪父傷心。可是，您有妻有子。我不知道拿人的死亡來比較應不應該，但若您死了，難過的人確實會比那兩位多。」

志毛無言繼續瞪古手川。看來遭到光崎那般責怪仍不屈服的決心，遇上家人就大大動搖了。

「你就是隨行的刑警嗎？竟然拿別人的家人來恐嚇，還真是老練。」

「您要怎麼說都無所謂，但您有兩位家人的事實不會改變。您剛才說要保護的事物是吧。那就不能半途而廢才對。」

或許是詞窮了，志毛一度沉默，以不情不願的樣子翻開檔案夾。

在這裡，視覺的說服力似乎也凌駕了傳聞。每翻一頁，志毛的神情就難看一分。然後一如預期，在看到包生條蟲放大照的瞬間，發出強忍咳嗽般的呻吟。

看完最後一頁，以極其疲憊的樣子把檔案遞回來。

「……和我印象中的寄生蟲很不一樣。怎麼說……看起來像是有惡意的動物。」

「你這個比喻其實不算錯。」

光崎自行翻到那個地方說。

「寄生蟲是有宿主才能存在的生物。然而，這傢伙根本不管宿主如何。搞不好連所有生物都應該具有的、保存物種的本能都沒有。所以才堪稱突變種。」

或許又感到受到威脅了，志毛大大顫抖了一下。

「請給我一些時間。」

語尾是沙啞的。

「您說我不知廉恥，也許您是對的。但我好歹還有煩惱的權利吧。」

「要是你煩惱時，盤踞在某人肚子裡的包生條蟲肯停止生長的話。」

留下最後一句話，光崎沉重地起身。

4.

第二天，真琴在法醫學教室裡將面談的情形告訴凱西，她便一點原來如此地點頭。

「那我就明白Boss為什麼心情不好了。他一回來就下了『屍體的辯才還比較好』的評語。」

真琴完全可以想像當時的情狀。

「話說回來，日本的議員對團體的歸屬感好強啊。政治團體本來應該是為了選民的利益而組成的，都已經可能發生大流行了，還以所屬團體的利益為優先，真是本末倒置。」

凱西的祖國不是這樣嗎？

「聯邦議會、州議會也都存在所謂的黨內團體，可是在我印象中比日本有彈性。像這次的總統大選，至少就沒有選舉人倒戈投敵對的候選人。選舉結束以後，同樣也是有共和黨的議員大肆批評同黨的總統。」

「每次聽妳這麼說，我都有點羨慕。」

「可是真琴，那些混蛋議員也是選民選出來的。自己選出來的議員那麼混蛋，就表示投票給他們的選民都是混蛋。」

凱西仍是一貫的直言不諱，但因為她說的沒錯，真琴覺得聽了很難受。

和柴田、滑井等人談話，讓她對選這種人作為都議的選民感到絕望與同情。當然誰也不知道一個人的良善、溫厚、坦誠對議會營運能有多少貢獻，但至少她不希望自己這些庶民的代言人是那種會把人民的稅金當成自己的零用錢的人。

「我說，真琴，要埼玉縣警發動強權是不可能的嗎？好比限制在世的五個議員的行動？我打聽過了，地方議員並沒有議員特權。」

「那不是特權的問題。」

「我覺得古手川刑警和他 Boss 會一口答應幫忙。」

這一點真琴也有同感，但她絕不能表示贊成。

感染症研究所依然沒有傳來包生條蟲症的新消息。無法以活體肝臟進行實驗這個障礙意外的龐大，至今仍未能詳細了解突變種所釋出的毒素。民眾向城都大的洽詢這幾天也驟減了。

感染症最可怕的地方並非疾病本身的威脅，而是人民的不關心。社會越不關心，相關人士便越焦躁，這除了諷刺也無可形容。

只能再次和光崎一起去說服議員了嗎——真琴正這樣想時，桌上的電話響了。

「法醫學教室您好。」

『我是志毛。』

聽筒裡的聲音立刻讓真琴想起他本人的面孔。

「前幾天打擾了。我是與光崎教授同行的栂野。」

『哦，那位女醫生嗎？』

志毛的語氣比昨天來得沉著。這讓真琴心存期待。

『我考慮了一個晚上，事情還是不能由我口中說出來。』

聽到這句話的瞬間，真琴滿心失望。光崎和古手川那樣想盡辦法換把戲遊說，卻連志毛一個人的心意都改變不了。這樣法醫學教室和縣警本部還能如何？

『喂，』

志毛的聲音讓真琴回過神來。

『妳們那裡有傳真嗎？』

「有的。」

『我現在傳備忘錄過去。能不能告訴我號碼？』

他的語氣既不是施恩示好，也不悲愴。真琴趕緊說了法醫學教室的傳真號碼。

『老實說，你們的說服很有力。但誠如我所說的，要說出一切，並不是我一個人能決定的。我能做的，頂多是透露考察去過哪裡。』

這就是志毛的妥協嗎？

『以現狀而言，這是我能提供的最大協助。請代我向光崎教授致意。』

說完這些電話便掛了，不久傳真機作響。剛好在近旁的凱西好奇地看著機器吐出的紙。

「真琴，這是什麼呀？」

「我們一直在找的東西。」

「就是這個嗎？」

疑惑籠罩了凱西的臉。看了印出來的內容，真琴明白為什麼了。

志毛傳過來的真的就像他說的是備忘錄。

『•九一一紀念碑

• 紐約州災害復原中心

• 紐約市警

• 紐約市醫檢局

• 洛克斐勒中心

• 自由女神

• 百老匯』

「這就是議員的考察地點嗎？簡直就像旅行團的觀光行程。」

凱西傻眼喃喃地說，真琴也有同感。

考察期間為八月二十五日至次月九月二日，為期九天。即使扣掉交通時間，考察地點也才七個地方未免太少，而且其中有一半是觀光勝地。各地方政府的議員參加的考察或多或少都只是遊山玩水——滑井的大言不慚此刻又響起。

「這裡寫的應該是被丟掉的報告裡記載的考察地點，其實應該去過更多別的地方吧。」

「我也這麼認為。以志毛先生的立場，他只能告訴我們這麼多。」

「考察目的大概是城市的防恐對策吧。考慮到東京都可能成為恐怖攻擊的目標才進行的考察。可是，這樣的話選擇去洛克斐勒中心和百老匯根本莫名其妙啊。」

同為日本人，真琴覺得好丟臉。再討厭的家人被別人罵了還是會覺得生氣，就是這種感覺嗎？無論如何，自己覺得丟臉的事實也很可悲。

「紐約市醫檢局也是因為處理恐攻犧牲者才會被列入的吧。不過這下麻煩了。」

凱西看著傳真皺起眉頭。

「先不管考察目的，他們偏偏去了觀光勝地，那是和人接觸最多的場所。這樣要找出感染源就極度困難。移動攤販不是十攤、二十攤而已。餐飲業、清潔人員、警衛。當然還有來自各國的觀光客，全都要一個個去查，實際上等於不可能。」

「拿這張單子再去問其他議員呢？」

「真琴，妳真的認為妳這個主意管用？」

「……說的也是。」

志毛提供的資料，本來不要說都議會圖書館，連都議會網站都可以查閱。事到如今把這個拿到那些人面前，只會被嗤之以鼻。

「真琴一定也注意到了，九天排這樣的行程太鬆了。要是我，兩天就能全部走完。」

於是真琴想起來了，紐約是凱西的故鄉。

「我看問題是這張單子裡沒有的考察地點，可是這就只能去現場查了。什麼時候以什麼方式走哪條路徑從考察點A移動到B？要是他們有請口譯或導遊算我們Lucky，沒有的話就必須做出時間表。」

來自遠東、僅僅七人的考察團。真琴不認為考察點會留有他們幾點到幾點待在那裡的紀錄。為萬全起見，凱西上考察點的官方網站找，果然沒有公開這類紀錄。本來，考察機構就不太可能一一保管訪問紀錄。若考察的屬性極度偏向遊山玩水就更是如此，警署和醫檢局不可能帶觀光客參觀重要設施。

總之，首要之務是通知光崎。光崎在大學裡手機通常是關機的，她們無法電話聯絡，只能等光崎下課。

焦灼不安地等著，光崎準時回來了。光崎一看真琴拿來的傳真便哼了一聲。

「哼。混蛋議員去百老匯是要考察什麼。要在議會跳舞嗎？」

「會議謾舞①嘛。」

「凱西醫師，不是的。」

「除了這些一定還有別的考察地點，一些不敢寫出來的地方。」

然後光崎面向真琴。

「看來不去當地就查不出詳情。」

「是，我和凱西醫師也這麼認為。」

「我可不去。」

這不用問真琴也知道。就算沒有包生絛蟲症這件事，光崎也沒有時間。這個人即使頭銜變大也無意放下手術刀，於是工作便越來越多。

「要叫那個小子去嗎。真琴醫師，那小子英文行不行？」

為什麼問我？——真琴雖有這個疑問，但當前以回答光崎為先。一打手機，立刻便有回應。

「古手川先生，你會講英語嗎？」

❶原文為「会議は踊る」，是德國電影《Der Kongreß tanzt》的日文片名。

『……我還以為妳要說什麼咧。』

「請回答。」

『我們主任認證，我連日語都說不好。』

真琴說了志毛提供部分消息、光崎想派古手川到當地的事。

『抱歉，我在紐約無用武之地。真琴醫師自己呢？』

「我之前考過多益……」

『那就該由真琴醫師去。我雖然要支持保健衛生第三科，但人手不足是搜查一課的常態。』

背後一個很有特色的濁聲蓋過古手川的聲音：

『去你的紐約！還挑這麼忙的時候，你睡昏頭了嗎！』

真琴都可以看見電話那頭的古手川仰天長嘆了。

『所以我不行。再說，要是在當地找到感染源，也必須追蹤國內有無接觸過的帶原者，而那個工作多半會派給我。』

真琴也認為他說的對。這次的調查對象是美國紐約州和日本這兩個地方。既然時間緊迫，當然應該分頭調查。

正沉思時，凱西比手勢要她掛電話。

「我再打給你。」

一看真琴掛了電話，凱西便把臉湊過來。

「燈台底下暗。」

「什麼？」

「真琴眼前正好有一個前紐約市民。而且我在紐約醫檢局有朋友。我認為這次搜查沒有人比我更適任，不過我一個人人手不夠。所以自然是我和真琴搭擋，真琴覺得呢？」

凱西以充滿期待的眼神窺視光崎的反應。只見光崎毫不猶豫地點頭。

「YES！」

這就是所謂的計畫趕不上變化吧。短短五分鐘就決定了真琴的紐約行。

不安驟然來襲。

學生時代，她的多益拿到 710 分。不知道現在如何，但當時 800 分是英語學習的一大關卡。聽說找工作的時候也是 800 分以上才能拿來說嘴。換句話說，真琴的分數雖不低，也不值得驕傲。

而更加令人不安的是，真琴從未踏上過那片土地。
眼看凱西歡欣雀躍得差點就要手舞足蹈，真琴已經開始後悔了。

Chapter 4

他鄉異地之毒

1.

真琴與凱西所搭乘的飛機於當地時間九月十日下午一點三十分抵達甘迺迪國際機場。

長達十三個多小時的飛行，而且因預算搭乘經濟艙的結果，小腿浮腫。而且與日本有多達十三個小時的時差，讓真琴連自己到底睏不睏都搞不清楚。

一踏上空橋，凱西便歡呼：

「Oh！就是這個，這乾燥的空氣！」

空氣確實比日本來得乾燥。頭昏腦脹的真琴也馬上感覺得出來。

到達大廳後，緊接著便接受入境審查。

「美國的入境審查比其他機場都要嚴格，要小心哦。」

真琴明白嚴格是因為防恐的關係，但她小心也無濟於事。再加上腦子昏昏沉沉的，讓真琴有種隨便都可以的心情。

身體檢查和隨身行李檢查做得很仔細。隨身行李檢查得尤其嚴格，看到醫療用具時不僅不尊敬還馬上就警戒起來。結果不得不透過凱西解釋她們是醫生。

「日本人本來看起來就比較年輕，再加上真琴娃娃臉，他們就更覺得奇怪了。」

凱西這麼說，但真琴不知該怎麼回應。

檢查完畢，提領行李後前往迎賓大廳。

「接我們的人應該已經來了。」

凱西東張西望，不久找到要找的人，露出笑容：

「佩璟！」

凱西奔過去的那個方向，有個三十多歲的女子。兩人在真琴面前緊緊擁抱，為重逢而歡喜。

「好想妳呀，凱西，四年沒見了吧？」

「五年啦，五年。畢業以後只見過一次。」

「五年，時間真的是轉眼就過了呢。妳過得怎麼樣？還是天天鑽研解剖？」

「Yes！畢竟我是在光崎教授底下工作。狀況好的時候每天都能見到新 Body。」

「我也差不多。可惜幾乎都是槍殺和毒品的，少了點變化。」

這種對話實在不適合在大庭廣眾下說。證據就是兩人旁邊一位胖老太太一臉驚嚇地走開。

「Sorry，忘了介紹。這位是我現在的同事，栂野真琴。這位是我醫學院時代的同學，現任紐約市醫檢局副局長的佩璟・安德森。」

「真琴，歡迎歡迎。」

真琴趕緊握住佩璟伸出的手。

佩璟・安德森。從名字和長相便知道是韓裔。苗條纖細的身材，穿上白衣一定很好看。看來跟凱西感情很好，不過兩人風貌和體型截然不同。共同點頂多就是完全沒有不帶妝吧。

「真琴也是在光崎教授底下工作吧。真叫人羨慕。」

從佩璟口中聽到光崎的名字，感覺很不可思議。

「看妳一臉意外的樣子。我說羨慕是說真心的，可不是口頭恭維哦。」

「光崎教授這麼有名嗎？」

「在美國法醫學界比湯瑪斯・野口有過之而無不及呢。」

湯瑪斯・野口是為瑪麗蓮・夢露等許多名人驗屍的法醫學界先鋒之一，真琴怎麼也沒想到光崎竟然與他齊名。

「真好，有那麼好的環境。要是我年輕個五歲，就跟凱西一樣投奔浦和醫大了。」

「佩環來也不行的。」

「Why？」

「在日本生活必須有讀空氣②的技術。」

「讀空氣？日本人平常就會這種超自然能力？」

「佩環的個性比我粗枝大葉得多，實在不適合在光崎教授底下工作。」

真琴都不知道該怎麼吐槽了，但既然被凱西評為粗枝大葉，她決定先對佩環的舉動提高警覺再說。

「對了，妳們餓不餓？」

❷原文為「空気を読む」，字面直譯為讀空氣，也就是看氣氛、看狀況、識相的意思。

「我滿肚子都是難吃的飛機餐。不用吃東西也不用休息了，快帶我們去醫檢局。」

「好……不過真琴OK嗎？我看妳好像累壞了。」

「我沒事的。不用擔心。」

這是時差引起的不適，過一段時間就會好——真琴這麼認為，但坐上佩璟那輛幾近報廢的福特之後，她就會知道自己把事情想得太美好。

也不知是高速公路路況差，還是福特的狀況差，屁股底下的震動沒停過。而且是很不舒服的震動，會讓人想吐的那種。而坐在旁邊的凱西或許是習慣了，一臉稀鬆平常。

「請問，開車到醫檢局還要多久？」

「醫檢局在曼哈頓，從甘迺迪國際機場過去大概三十分鐘。」

這樣的苦行還要繼續三十分鐘嗎——真琴無力地往堅硬的椅墊上靠。

「妳們來醫檢局，是為了四年前東京都議會議員的考察，對吧？」

「Yes。」

談話已進入正題，坐在後坐的真琴也把身子靠過來。

「接到凱西的電話以後，我也拚命回想，結果還是不行。我們每個月都有好幾組人馬來參觀，而且四年前已經很久了。當時我應該也在，卻完全沒有記憶。」

「對他們的長相也沒印象嗎？」

在來美國之前，凱西應該已經將考察團一行人的照片都傳過來了。

「就日本人而言是一群長相很有特徵的人，可是也就這樣。Sorry。我真的不記得了。電話和通信裡不是很清楚，妳們是在調查議員的瀆職？」

真琴與凱西不禁對望一眼。

之前與佩璟的聯絡並沒有提及包生條蟲症。因為尚在可疑階段，她們對明言寄生蟲名有所保留。

「我想不通。我一直以為議員的瀆職是議會或市民團體在追究的，在日本是由醫大管？」

「是我說明得不夠充分。其實啊，佩璟，是那群議員可能在所經之處罹患感染症。我這次回來，就是為了查出感染源。」

「原來如此。」

佩璟的語氣變得有點沉重。

「是傳染病嗎？那不止我們，也要向CDC（美國疾病管制暨預防中心）報告。」

「至少確定不是傳染病。」

看來凱西對用詞很慎重。對誤用日文向來不以為意的凱西，一旦說起母語便小心翼翼，實在不可思議。

但略加思索真琴便明白了。這個案子極可能被不知內情的人疑為大流行，若確定感染地點就是這裡，可能會在美國國內造成大騷動。所以更加必須小心說明，連細微的語意都要留意。

「不是經空氣或黏膜感染的疾病。從這一點可以說比感冒輕微。」

結果佩環誇張地嘆了一口氣：

「凱西，妳還是一樣不會隱瞞。玩撲克牌從來沒贏過。醫大怎麼可能為了這麼輕微的病就派出兩名醫師，而且特地遠渡重洋從日本飛過來。」

「特地飛來，是因為那不是電話和信件能說的內容。」

佩環將車靠往高速公路的路肩，然後停車。

「我要問妳，凱西。法醫學者在日本的地位如何？對辦案可以介入到什麼程度？」

「不能介入。完全止於提供參考意見。」

「哦——。所以曾經像顆會走路的炸彈的妳是因為這樣才變弱雞的？」

「但浦和醫大法學教室是例外。」

「What？」

「光崎教授會主動參與辦案。為了司法解剖，乾脆粉碎警方的苦衷和心機。在這裡的真琴也繼承了教授的精神。」

「那妳在美國也要延用光崎模式。One，對我不能有所隱瞞。Two，積極介入案件。」

「OK。」

「那告訴我吧。妳們浦和醫大團隊到底在追查什麼？」

凱西徵求許可般看真琴。真琴當然不會說不。

「包生條蟲啊。」

「What？」

「Echinococcus multilocularis，多房性包生條蟲。北美的話，是棲息於密西西比河下游、阿拉斯加，還有加拿大西北部。佩環也知道吧？」

「很冷門的寄生蟲。美國國內確實有，但宿主應該都是野狗或狐狸呀？」

「在日本已經確定是突變種了。雖然才二例。這個突變種帶有特定毒素，會破壞人類的肝臟細胞。」

凱西說明了權藤與蓑輪死於包生絛蟲症的經過。或許是半信半疑，佩璟靜靜聽著，連眉毛也沒動一動。

只不過當凱西說到包生絛蟲症的發病方式與肝癌極為相似，一般的ＭＲＩ檢查難以發現時，佩璟雙眼突然發亮。

「好難對付的寄生蟲啊，」

佩璟眼神有所質疑。

「簡直像會隱形。」

「妳的比喻可能是對的。畢竟牠們破壞力超強，可以讓剛剛還好端端在做極限體能訓練的新兵瞬間痛苦而死。」

「那，妳們是懷疑那個包生絛蟲突變種，發生在考察團訪問過的某處囉。可是凱西，就算是紐約市警察局和紐約市醫檢局就已經很難找出帶原者了，加上九一一國家紀念博物館和洛克斐勒中心，最後還來個自由女神，要是這些地方真有包生絛蟲，現在全世界的醫院都暴滿了吧。」

佩璟的話中滿是嘲諷。

「真不知那個考察團到底要從自由女神和百老匯想出什麼政策。」

「也許是下半身的考察。這在日本好像不稀奇。」

在一旁聽的真琴只覺得無地自容。雖然不知不覺與那些隱匿情報的人對立，但當他們遊山玩水遭到奚落，不知為何就覺得像自己丟了臉。

俗話說出門見醜無人知，但如果用的是自己的錢也就算了，考察的費用卻全是稅金。

『為記取九一一的悲劇，前往紀念博物館與災害復原中心旁聽實況，了解紐約市警察局與紐約市醫檢局當時的應對，之後前往洛克斐勒中心與百老匯重新認識自由社會的美好，登上自由女神重新認識日美同盟的重要性。』

如果硬要為參訪點的選擇找理由，大概會是這樣吧。再怎麼善意解釋都是牽強附會，有滑井那樣大言不慚表示『人人都知道議員考察是去遊山玩水』的議員，選民真是倒楣。而外國人凱西和佩璟，心裡其實是笑破肚皮吧。

但佩璟的諷刺點到為止。

「那的確不是傳染病，但要是感染源是不特定多數人聚集的觀光地，就會演變成大流行。」

「沒有自覺症狀，又只能透過血清檢查，要驅除只能靠外科手術。不利條件全都到齊了。就算ＣＤＣ出面，也無法輕易解決。」

「可是凱西，就算找出了感染源，然後呢？要是突變種的症狀像妳們報告的那樣，是沒有辦法拯救罹患者的。」

「現在我們能做的，是斷絕源頭，然後再處理已經流出去的。這麼做雖然消極，卻是現階段較好的選擇。」

佩璟打量般望著凱西，然後像是下了什麼決心，正面面向她。

「包生絛蟲症的數據，可以立刻送到醫檢局嗎？」

「除了包生絛蟲本身，全都是我在管理的。」

「一定會用到，妳要準備好以便隨時都能提供。」

「好。」

「我想考察團訪問醫檢局的經過和內容都沒有留下紀錄。剛才我也說過，每個月都有好幾組人來參觀、考察，不會留下詳細資料，再說他們考察的目的又和醫檢局沒有任何關係。我們只擔心會不會有雜菌被帶進來、東西會不會弄壞而已。」

「啊，這個我能理解。」

真琴不禁出聲說。雖然變成插進兩人的談話，但只說一句就停下來又顯得刻意，她也只能繼續說下去。

「我們法醫學教室有時也會有實習醫師來參觀，但常常聞到腐臭就乾嘔、看到屍體就吐，我都覺得要是真的沒興趣乾脆不要來……」

雖然冒著冷汗擔心不合時宜的發言會不會破壞氣氛，但佩璟卻一副深得我心的樣子大大點頭。

「對對對，來醫檢局參觀的也有很多類似的。明明自己將來有一天也會變成那樣，卻對屍體一點敬意也沒有。那種人，我真想乾脆把他們活活用福馬林泡起來。」

佩璟大無畏地笑了。看來她也是為屍體著迷的人之一。

「OK。我明白凱西和真琴的任務了。妳們跳過紀念博物館和災害復原中心，直接去醫檢局是對的。」

說完，又發動了車子。

「妳怎麼知道是對的？」

「妳知道現任紐約市醫檢局長是誰嗎？」

「亞力克．瑞德勒局長啊？」

「……妳從以前就這樣，真的對人事一點都不靈通。不來醫檢局飛去日本真是選對了。我告訴妳，現在局長的位子空著。在正式決定後繼人選之前，都由副局長我兼任。」

「瑞德勒局長怎麼了嗎？」

「病死了。肝癌。」

佩璟的聲音冷靜中隱隱令人感到不安，

「之前明明沒有任何肝癌症狀，一天晚上突然痛起來，直接送去急救，沒救回來。」

真琴與凱西對望。

「依照手續解剖之後，確實是遭到肝癌侵襲，可是在病灶附近另外發現了奇怪的東西。最近的地方也要到密西西比河下游才會有的東西。人體裡面應該找不到的東西。」

「佩璟，難道……」

「沒錯，凱西，死去的瑞德勒局長肚子裡也養了包生條蟲當寵物。」

紐約市醫檢局是紅磚與石階的厚實建築。在日本，明治時代建築樣式裡也有類似建築留下來，但就是不見這種內斂沉穩的氣氛。真琴體會到歐美果然是石造的文化。

但一走進建築中，內部與古色古香的外觀相反，現代化設備一字排開。真琴原本想像的是比較接近浦和醫大，但這裡看起來更像研究機構。

多半是以工作內容來分顏色吧。忙碌的職員身穿藻綠色或紫色的解剖衣。共同的是藍色手套，看也知道是以柔軟的材料做成。油氈地板每走一步都啾啾作響，清潔做得很徹底。完全杜絕了屍體獨有的甜饅味，只有淡淡的消毒水味。整體清潔整齊得驚人。同樣是從事屍體解剖，與浦和醫大的法醫學教室簡直是天壤之別。

「醫檢局並不是只有解剖屍體，也比對殺傷所用的凶器、檢驗與分類指紋掌紋、鑑定DNA等等。想像成法醫學和科學搜查研究所綜合起來會比較接近。」

聽了凱西這番說明，真琴明白了。這裡是專研屍體的實驗室。

「在日本，解剖和辦案好像是不同組織進行的，」

佩璟領著她們兩人當先而行，提出一個疑問：

「可是我怎麼想都覺得不合理，明明屍體是最大的物證呀。結果卻由義工受託解剖，而且還不許對辦案提出建議。這樣，難得的屍體不就不肯說話了嗎？」

「我們算是很努力的。」

真琴忍不住認真起來。

「雖然不值得嘉許，不過我們也會在得到家屬同意之前解剖。」

「那是因為光崎教授才辦得到吧。畢竟，美國和日本對屍體的認知好像不同。對屍體被當成證據，有這麼排斥嗎？」

真琴剛進法醫學教室時，凱西也曾說過。當時因為生死觀與歐美有所不同而無法立刻接受，但現在她能理解了。

到哪裡是活體，從哪裡開始是屍體。

即使在日本，醫學上對死亡定義也有權宜之處。然而家屬情感各自不同，有時是心肺停止時、有時是腦死時、有時是火葬時，定義並沒有一定。而這正是阻礙司法解剖的障礙之一。

人步走在醫檢局的職員，個個都顯得活力充沛。那是很清楚自己該做什麼、能做什麼的專業人士的神情。是了解生與死的界線、能夠將屍體當作物證的調查員的神情。

不久，三人抵達局長室。全玻璃的玻璃門與裝了大窗的牆，讓室內幾乎一覽無遺。或許是以此展現全面公開的態度，但彷彿四面八方都有人監視，真琴實在很不自在。

首先開口的是凱西。

「瑞德勒局長的事我也是聽別人說的，不是很清楚。」

「我想也是。他就任紐約市醫檢局局長的時候，凱西剛好去了日本。他是上個月十九日走的。」

上個月二十日權藤被送進城都大附屬醫院後死亡。所以兩人是一前一後死的。

「解剖之後發現包生條蟲時，雖然是很罕見的案例，但沒有人想到寄生蟲和肝癌的關係。雖然有疑問，但過去並沒有包生條蟲致人於死的例子。」

「解剖後的屍體呢？」

「早就下葬了。你該不會打算挖出來吧？」

凱西和真琴猛搖頭。就算挖出來，都已經是一個月前的屍體了。這時候腐化一定相當嚴重，該看的東西也都歸於塵土了吧。

「妳們不用失望。解剖的資料和包生條蟲樣本都保管起來了。」

佩環從辦公桌的抽屜裡取出一個厚厚的檔案夾。

「當時雖然認為沒有犯罪可能，但不應出現的寄生蟲出現了，還是不能視而不見。只不過妳們的光崎教授嗅覺好像比我們敏銳多了。」

「那當然了。」

凱西開心地說著接過檔案夾。

「不然，我也不會遠渡重洋追過去了。」
「也對。不枉妳拒絕了醫檢局的職位。」
「拒絕醫檢局……」
「真琴不知道嗎？凱西她呀，在哥倫比亞大學就學期間，就被醫檢局挖角了。前途無量的天生戀屍狂。人人都相信她如果想過正常的社會生活就只有在醫檢局上班這條路，沒想到她卻突然決定要去日本，醫檢局的大人有多失望呀。害我們這些進局裡的事事都被拿來跟本來應該是醫檢局王牌的凱西・潘道頓比，真是禍害。」
完全就是指桑罵槐，但因為佩璟的俏皮，聽起來一點都不會不舒服。
「瑞德勒局長尤其刻意。所以凱西，雖然妳沒有任何責任，但也別忘記在這裡工作的職員裡，有人對凱西　潘道頓的印象不怎麼好。」
真是無妄之災，但主角凱西本人卻不介懷地問道：
「先不管大家怎麼說我，瑞德勒局長是個好人？」
「就指揮醫檢局的老闆而言，算是勉強及格吧。他上任以來從來沒有出過什麼紕漏，也受過紐約市的表揚。犯罪頻仍地區的解剖也沒有拖延，也沒聽過他的醜聞。」
「就老闆而言是優秀的。不過，除此以外就不是了？」

對這個像要套話的問題，佩璟先是不語，但很快就死了心般開口說：

「妳是要問有沒有人對瑞德勤局長有敵意吧？」

「是可以這樣解釋。」

「答案是 YES。而且人數非同小可，我看全紐約州有一半的人都討厭他吧。」

「是思想方面的問題？」

「死忠共和黨員的背景就算了，他還是現任總統的鐵粉。從來不掩飾他對有色人種的偏見。」

佩璟自己也不掩飾她對瑞德勒的厭惡。只不過因為是對種族歧視者的厭惡，真琴也神奇地一點都不覺得不愉快。

「日常對話也常拿來開玩笑。對我也一樣，說什麼，遠遠的就可以認得佩璟，長相沒有特色但體味有。」

「Shit！」

「但他在某些地方是公平的，對屍體也是有色人種一概稱為『豬』。所以對生者死者是平等對待。」

「這種人竟然能當局長。」

「因為歧視屍體也不會被屍體投訴啊。我們的客戶又是死的比活的多得多。」

就連局外人真琴聽著也覺得光火。

「日本人真琴好像很震驚呢。」

「……嗯，有點。因為美國一直給我自由國家的印象。」

「會一直喊著自由、自由，就是因為實際上沒那麼自由。和以前比起來，貧富差距又變大了。貧富差距一變大，仇恨言論就變多。自己沒有得到回報，怪別人當然輕鬆多了。」

「瑞德勒局長是為貧富差距所苦的那一方嗎？」

「才不是。和貧富差距無關，他純粹就是種族主義者。他上任以來，醫檢局的人事就是一種換了形態的仇恨。所以他肝癌猝死的時候，獻給他的祈禱有兩種。一種是願他的靈魂永不安息，另一種是願他永遠不會復活。」

2.

真琴不知道是否全世界都有死者為大這句話，但感覺至少瑞德勒局長死後負評仍不脛而走。而無論他生前是個什麼樣的人物，他的資料仍完完整整存留下來，從這一點紐約市醫檢局可說是領先世界的平等主義組織。

聽到醫檢局保存了瑞德勒局長體內取出的包生條蟲樣本，真琴和凱西都放下一顆心。

拜託佩璟將樣本送往國立感染症研究所，她二話不說爽快答應。

「要是樣本和日本死亡的那兩人體內採集到的包生條蟲一致，就可以確定感染源是他們三個人同行過的地方。」

真琴有點激動。權藤他們考察團是在哪裡感染了包生條蟲的呢？要在九一一紀念博物館、自由女神、百老滙這類不特定多數人聚集的場所找出感染源非常困難，但罹患者之間的共同點越多，就越能篩檢出對象。

不料佩璟卻神色凝重。

「真琴的想法合理，但要驗證卻很困難。」

「為什麼？」

「因為瑞德勒局長都自己管理行程，家人也說沒有留下備忘錄或日記之類的東西。行動電話在葬禮時也處理掉了。」

「為什麼要處理掉手……行動電話？不是故人的紀念嗎？」

「日本數位遺物的問題還沒有表面化嗎？就是呢，行動電話裡面留下了對死者本人或家人不利的資料。」

哦，原來如此——真琴立刻就明白了。但話說回來，瑞德勒也好，他家人也好，竟做出了這種好事。被處理掉的手機裡也許留下了約會或什麼線索，這下連接起考察團和瑞德勒局長的線索又少了一條。

「沒有別的辦法可以從瑞德勒局長的行程表追蹤到考察團的行動嗎？」

「已經從醫檢局的紀錄查出考察團的訪問日期是2013. 8. 28了。」

「可是，不知道瑞德勒局長是不是一整天都陪同考察團行動。也不知道他們在哪裡用餐進食。」

「什麼都不知道啊。不過，要追蹤四年前的某一天，就是這麼困難。除非是行程每分鐘都被規劃得清清楚楚的總統，不然就連公眾人物都很難。」

「……要是有個秘書之類的人在，就輕鬆多了。」

「區區醫檢局局長哪來的秘書呀。」

佩璟自嘲地說。

「我代理局長也快一個月了。局長要在紐約市警和其他諸多團體之間周旋、管理職員的工作分配、出席各項活動，有兩個分身都不夠，卻還是因為預算不足沒有秘書。在這種狀況下還能當局長，我真的很佩服那些前任。」

但一通抱怨之後，佩璟忽然沉思起來。

「等等。是有這樣一個人。」

「真的嗎？」

「其實不是秘書，但有個職員被迫替瑞德勒局長打雜。本來是血液鑑定的工作人員，但她自己一句怨言也沒有，就被任意使喚。現在回想起來，她可能也有幫忙管理行程。」

「請讓我們見那個人，現在馬上。」

「她已經不在我們這裡了。」

佩璟聳聳肩。

「就在瑞德勒局長變成那樣之前，她因為健康問題辭職了。沒聽說她後來去哪裡工作。」

「可是知道她的住址吧。請告訴我們，我們去找她。」

「等一下喔。」

佩璟操作了桌上的電腦。看來是在搜尋離職員工一覽。

「她叫亞美莉亞．莫雷諾，三十二歲。現在怎麼樣不知道，但離職時的住址是東城。」

一聽到住處，真琴便感到站在旁邊的凱西身體顫了一下。

真琴抄了詳細住址走出局長室，凱西從背後探頭看她的筆記。

「真琴，妳從這上面寫的住址，有沒有注意到什麼？」

「呃，曼哈頓北邊的一一二街，對吧？」

「一般稱為Spanish Harlem，我家以前就住在那裡。」

凱西生於哈林區這件事真琴以前就聽她本人說過，但並不知道詳細的地區。

「亞美莉亞・莫雷諾。名字就很西班牙裔。」

第二天凱西在她們投宿的飯店前攔了計程車，與真琴一起坐進後座。

「我是有過預感，但沒想到關係人會住在我熟悉的地方。」

說了要去的地方司機也沒有特別的反應。可是說到哈林區，不是連計程車司機都避之唯恐不及的危險地帶嗎？

「No、No。雖然都是哈林區，但一二五街之外重新開發，現在治安比以前好了。不過當然不能跟日本比，女性晚上不能單獨外出。」

從醫檢局進入主要街道不久，便能看到著名的公園大道。真琴是第一次到紐約，但這風景她在電視、電影看過好幾次。H&M、VICTORIA'S SECRET 等店鋪林立。

一進入麥迪遜大道，突然就全都是名人御用的高級名牌。DOLCE&GABBANA、PRADA、CELINE、RALPH LAUREN。領低薪的真琴雖無緣卻也嚮往。

「這附近就是上東城。就像妳看到的，是華麗又熱鬧的有錢人的住宅區。大部分的日本人一聽到紐約想到的大概就是這裡吧。」

「的確。我也是因為看電視電影而有這樣的印象。」

「《花邊教主》和《慾望城市》那些吧。不過，紐約當然不止那些花花場所。我生長的東哈林就和這裡是對比。」

「請問，凱西醫師也是西班牙裔嗎？」

「是啊，從凱西．潘道頓這個名字可能聽不太出來。不過，我的祖先確實是西班牙裔移民。剛才真琴不是和佩璟談到美國的自由嗎。我也和佩璟一樣屬於弱勢族群，所以她說的很多我都心有戚戚焉。」

「種族歧視，嗎？」

「住在日本，我最深切感到的就是沒有什麼種族歧視。當然仔細觀察的話，還是可以窺見日本人對外國人的偏見，但和美國根本不能比。日本人在路上遇到外國人，無論膚色是白是黑，國籍是美國、西班牙還是阿拉伯，絕大多數都很親切。甚至有人說，先不管是真的還是假的，日本之所以不容易發生恐攻，是因為日本人一看到外國人就很親切地接近，讓恐攻難以進行。」

真琴覺得這實在太像笑話了，但日本確實沒有種族和膚色上的歧視，她便沒說話。

「在美國，有黑人特色的名字常常等不到應徵的通知，所以有些父母為了孩子的將來，就為孩子取白人的名字。每一部好萊塢電影都有黑人演員演一些沒有意義的角色，聽說這是為了迴避被指為歧視所做的對策。白人警察對黑人施加暴力而發生暴動也是家常便飯。現在這個國家由一個在選舉演說裡也大發仇恨言論的人治理，以後這種傾向一定會更嚴重。」

凱西的語氣充滿了平靜的怒氣。感覺是回到故鄉讓她重新點燃了平常絕不會顯露出來的那種憤怒。

車窗的風景從繁華的鬧區漸趨冷清。每過一個街區便失色一些，漸漸蕭瑟。進入她們要去的一一二街時，連行人的樣貌都不同了。

「客人，到了哦。」

司機冷冷說道，凱西給了皺巴巴的紙鈔下了計程車。

一來到車外，一股異臭便撲鼻而來。具體是什麼臭味真琴說不上來，不過和植物、水果的腐敗味很像。

亞美莉亞住在老舊公寓的一樓。被塗了鴉的競選海報在牆上褪了色，公寓前的馬路也垃圾四散。

離開飯店時，凱西提醒說穿著要盡可能樸素，但當真琴站在這個地方，才終於明白她的用意。

公寓內沒有什麼保全設施，她們輕而易舉便進去了。當然並不是不需要保全，應該是沒有錢裝設，或是裝了也沒有用吧。事實上，大多數的信箱鑰匙都壞了，裡面的東西誰都能拿出來。

敲了門，但沒有回應。又敲了兩、三次，從後面那戶出來的一位中年女子悄聲對凱西說：

「亞美莉亞出去了。」

「請問她去哪裡？」

「不知道。八成是找工作吧。」

中年女子一走，凱西便爽快地說：

「我們中午過後再來吧。」

「為什麼要等中午過後？又不知道求職的面試什麼時候結束？」

「因為大部分都是在書面篩選的那關被刷下來。她出去一定是親自去確認結果。」

西班牙裔找工作也遲遲等不到聯絡，就是像這樣嗎？

「距離中午還有一段時間。我想去一個地方，可以嗎？」

真琴不願落單，便決定同行。

「從這裡走得到，不過真琴千萬不要離我太遠。」

這還用說。真琴像個與母親外出的小孩，緊貼在凱西旁邊。凱西在路上的花店買了一束花。

凱西顯然對這一帶依舊熟悉，毫不遲疑地走著。過了不久，來到一條　廣的大馬路。應該是這裡的主要街道吧，往來車輛很多。

凱西走到高架橋下，佇立在重重噴漆下已無法分辨原來顏色的牆之前。將懷裡的花束放在地上，雙手交扣祈禱。

「我母親就是在這裡被殺害的。」

真琴隱約有預感，因此並不吃驚。

真琴也默默在她身旁合掌。

雙親離婚後，凱西與母親兩人在這一區定居。而她母親竟然在光天化日之下遭街頭幫派攻擊。近距離內中了三槍。從高中放學的凱西直接前往市警，被迫面對死狀淒慘的母親。

這段經歷光聽就令人毛骨悚然，但當時的醫檢官一番誠摯的話，成為凱西進入法醫學世界的契機，所以世事難料。

「就算離開了，我也沒有一天忘了這裡。」

鬆開雙手後，凱西的視線仍沒有離開地上的花束。

「這裡是我母親遇害的地點，也是我決定朝法醫學努力的起點。還有就是，這裡正是世上矛盾的縮影。」

凱西指指牆上大大的塗鴉。

「妳看得懂嗎？『西班牙人滾出這個國家』。矛盾的是，寫這個的恐怕就是東哈林的西班牙裔居民。罵髒話還拼錯。我是因為母親著重教育才得以上高中，但很多孩子在那之前就輟學了。

經濟上的差距造成教育上的差距，使得沒有好好受教育的孩子無法離開這裡。東哈林發生的犯罪，加害者和被害者都處於類似的處境。槍殺我母親的街頭幫派同樣也是東哈林出身的。」

事件的加害者和被害者集中在同一地區——這豈不是一種地獄嗎？真琴忍不住這麼想。

「階級差距的源頭在於種族歧視。當然，我不會說這就是一切的元凶，但世上發生的悲劇很多都起因於不願了解、接納他人的褊狹。我之所以說這裡是世界荒謬的縮影，就是這個意思。」

若真琴認為是某種地獄的地方是世界荒謬的縮影，那麼世界即地獄的解釋也就成立了。真琴不禁僵住了。

「怎麼了嗎，真琴？」

「沒什麼。就是，有點可怕。」

「對一個偏見的世界感到恐懼是正常的。可是，如果一直覺得恐懼，人活著就沒有價值也沒有喜悅。我相信那並不是神所創造的世界。」

凱西終於露出了往常的笑容。

「正如同世界有希望，東哈林也一定有希望。生長於這裡的我成為法醫學專家就是其中之一，妳不覺得嗎？」

回到一一二街的公寓，亞美莉亞已經回來了。

「聽說我不在的時候妳們來過。」

就三十二歲的年紀而言，她的膚況差，身材也變形了。是因為生活疲累還是營養不良呢？無論如何，可以確定她過得並不好。

「哦，妳們特地從日本來的啊。那，找我有什麼事？」

從她不悅的表情，不難想像她外出時遇到了不愉快的事。真琴既不想問，想來她也不願回答，便沒提及。

「我們從紐約市醫檢局的佩璟副局長那裡聽說妳的事。」

「妳們也在醫檢局工作嗎？」

「No。我和佩璟是同學。我們來拜訪，是為了去世的瑞德勒局長。」

一聽到瑞德勒的名字，亞美莉亞便一臉有人從她墳上走過的樣子③。

「聽說，妳有一段時間擔任瑞德勒局長的秘書。」

「什麼秘書，哪有那麼高級。根本就是女僕。」

「聽說妳也幫忙管理行程表和搭配服裝。」

「總不能讓局長夫人常駐辦公室吧。」

「妳還記得二〇一三年八月二十八日那天的事嗎？那天，有日本的議員考察團來醫檢局訪問。」

「四年前的事我怎麼記得。為什麼現在才要挖那麼久以前的事？」

把包生條蟲的事全說出來，只怕會造成不負責任的傳聞。目前尚未找出感染源，最好避免流言滿天飛。凱西斟酌用詞，解釋是犯罪搜查的一環。

「也就是說，妳們是在搜集那個考察團和瑞德勒局長共同行動的紀錄或記憶是吧？」

「YES。」

「妳們為了這個還特地來找當時在那裡工作的我，我是很欣賞妳們的熱誠，但我也沒辦法。要是我的腦袋優秀得能記得那麼久以前的事，找工作就不會這麼辛苦了。」

「妳也曾是紐約市醫檢局的一員吧？」

「說是一員，也只不過是約聘的工友。我又沒有什麼特別的證照，工作主要是處理鑑定完的血，我本來就會怕血，瑞德勒局長對我也很不好。」

「他對妳做出什麼騷擾嗎？」

---

❸「亞美莉亞一副有人從她墳上走過的樣子」，來自英文的慣用句「Someone is walking over my grave.」（直譯：有人從我墳墓上走過），用來表示毛骨悚然、渾身起雞皮疙瘩。

「哦，憑我這長相是沒有性騷方面的事，但是他動不動就拿我是東哈林的人來開玩笑。什麼妳家附近常鬧事，人血妳應該看慣了吧，什麼屍體光溜溜的沒穿戴值錢的東西妳不用怕被懷疑，這類的笑話。」

雖然事不關己，真琴聽著也火大。

「還有，西班牙人不愛動腦，現在給妳做的雜事正是妳的天職。我每天每天都要聽到這種話。到最後我光是看到瑞德勒局長的臉就想吐。可是又分配不到其他工作，只好一直忍耐。後來有一天，瑞德勒局長竟然請我吃藍莓派，就在他自己的辦公室裡。我很高興地吃了，那可是第五大道的名店的藍莓派呀。可是吃著吃著，我看到派的一角有幾滴紅色的點點。我還以為是草莓……結果是血。瑞德勒局長不懷好意地笑著說，剛才第五大道的銀行發生搶案，搶匪射殺了行員和客人。那個派就是客人帶著的，客人吃不了了所以送給我。那一瞬間，我朝著局長的臉大吐特吐。我再也受不了了。當天，瑞德勒局長就把我解僱了。」

聽的人才更想吐。

「他就是這種人，所以這種事要多少有多少，不過全都是讓人不願想起來的。老實說我巴不得全都忘掉。所以我不敢保證能不能想起妳們想要的資料。」

亞美莉亞的眼睛狡猾地閃爍著。

那是被害者的眼神，同時也是構思策略的人的眼神。或許是生長環境雷同，凱西似乎立刻便看出她的用意。

「花點時間能想起來嗎？」

「除了時間可能還需要一些別的。」

「這一點我們可以談。只不過，那些資料有多少價值要由我們來判斷。可以嗎？」

亞美莉亞點頭表示同意。臉上是一個勁兒想設法彌補外出一無所獲的神色。

「那樣沒問題嗎？」

在回飯店的計程車上，真琴問凱西。

「如果妳是說事後再付錢給她，那是這一帶做生意的慣例。要是一開始就開了價碼，就不能期待高於那個價碼的內容。」

「不，我說的是跟一個記不清楚的人要證詞，會不會得到不確實的資料。」

「這妳不用擔心，亞美莉亞肯定是知道的。」

「是這樣嗎？」

「既然她那麼討厭瑞德勒局長，就值得期待。真琴也一樣吧，bad的記憶比好的印象深刻。悲哀的是，人類就是這種生物。」

「那，亞美莉亞沒有當場就回答，是為了提高費用嗎？」

「一旦學會的談判技巧是很難擺脫的。像亞美莉亞那樣受到虧待、天天為生活奔波的人就更是了。但這也沒有什麼好責怪的。我們只要配合對方的慣例就行了。」

真琴並不是要反駁凱西，但她無法全然接受。心裡正悶悶的看不開時，凱西的手機響了。

「Hello，我是凱西。怎麼了，佩璟……現在就去醫檢局？Why？有人要找我們？……那只好趕過去了。OK，我想二十分鐘會到。幫我們祈禱路上不會遇到車禍。」

結束電話之後，凱西面向真琴：

「有好消息和壞消息。」

「……請先告訴我好消息。」

「寄去國立感染症研究所的瑞德勒局長體內的包生條蟲樣本，與突變種一致。這下，權藤、蓑輪和瑞德勒局長在同一場所感染包生條蟲的可能性就更高了。」

「這就是好消息？」

「另一個消息是，幾乎在接到國立感染症研究所報告的同時，ＣＤＣ的窗口突然聯絡，說緊急想見來自日本的兩名女醫師。人已經在醫檢局等不及了。」

這聽起來不像是好消息。然而凱西的臉卻興奮得微微發紅，繼續看著真琴。

「真琴，妳知道ＣＤＣ的窗口趕來的原因嗎？就是他們判斷包生條蟲症並不只是遠東的事，也可能危及美國國內。」

果然不是好消息。

「包生條蟲症沒有止於日本是很遺憾，但反過來也有好處。ＣＤＣ對我們的調查有興趣。他們多的是人才和資金，沒有比他們條件更好的搭檔了。」

3.

真琴與凱西抵達醫檢局時，佩璟和CDC的人兩人已在局長室裡等了。

「我是CDC總部的奎格．史都華。」

奎格一隻手猛地伸過來。一握住那隻手，雖厚實卻很柔軟。奎格身高大約有一百九十公分，在近處要看奎格的臉，真琴必須把頭抬很高。他的臉幾乎是正四方形，感覺就像盒子正中央長了口鼻。有如海軍陸戰隊的體格，卻說自己是感染症的專科醫師。

「兩位的事我聽佩璟代理局長說了。兩位都在光崎教授的團隊？」

「是啊。不過團隊也只有三個人。」

「Wonderful！每天能在旁邊看他手術，真是太令人羨慕了。」

佩璟也是這麼說，看來光崎的名聲也傳遍了CDC。

有些人在國內的知名度和在國外大相逕庭。光崎可能也是其中之一，但身為一個平日要配合他的毒舌和傲岸不遜的屬下，看到別人因為對光崎之名懷著敬意而歡迎自己，在驕傲的同時也很難為情。

「基於預防的觀點，我們也會從事司法解剖，那也是醫學院的必修科目之一。學校常拿光崎教授的執刀影片和他的論文來當課本。對法醫學者而言形同聖經。」

凱西和佩璟也頻頻對奎格的盛讚點頭。真琴這才明白凱西對光崎的崇拜其來有自。

「不過，為什麼急著要見我們呢？」

「原因有兩個。就像剛才說的，想見見光崎教授的團隊，再者當然就是想和負責人員了解包生條蟲症的詳細情形。」

奎格正色說道。

「國立感染症研究所的報告……」

「我看過了。CDC也有收到城都大的報告。但是，我沒料到美國國內竟然也有病例。而且感染者偏偏是醫檢局局長，真是諷刺。不，換個角度來說，也許是必然吧。」

「怎麼說？」

「每天都有各種屍體送到醫檢局。雖然大半是槍殺和毒蟲，但當中也有病死和死因不明的。屍體裡潛伏了什麼，不解剖便不得而知。是眾所周知的病原菌呢，是抱臉蟲呢，還是包生條蟲呢？包生條蟲是經口感染，但也不能忽視院內感染。那麼，可能的感染源當然是在美國境內。ＣＤＣ當然不能袖手旁觀。」

ＣＤＣ的概要真琴也大致知道。Centers for Disease Control and Prevention——美國疾病預防管理中心，一如其名，是主導美國國內外人民的健康與安全的聯邦機構。總部設於喬治亞州亞特蘭大，加上分部總共有一萬五千多名職員。職員幾乎都是醫療專業人員，有醫師、藥劑師、獸醫師、護理師、臨床檢查技師、生化學家、病理學家等，種類與範圍廣泛。ＣＤＣ發布的勸導、警告文被視為全球標準，影響力不在話下，例如伊波拉病毒這等高危險的病毒，全世界的醫療機構都仰賴ＣＤＣ的對策。

而ＣＤＣ已展開行動，便是美國判斷包生條蟲突變種可能形成威脅的佐證。

「追查感染源進行到哪裡？」

真琴結結巴巴報告了經過，說到握有資料的亞美莉亞賣關子，奎格立刻露出一臉凶相。

「不能教訓那女人嗎？」

「醫檢局沒有調查權呀。」

佩璟遺憾地搖頭。

「也不是不能向紐約市警尋求協助，但這不是犯罪，要說服他們有困難。只能由我們耐著性子繼續談判。」

「亞美莉亞要的是錢嗎？」

Of course——凱西回答。

「話講到一半，她的眼裡就出現美鈔了。」

「亞美莉亞住在東哈林是吧。」

奎格嘴角微揚。

「要讓那個地區的人開口，一點小錢應該就夠了。」

真琴提心吊膽窺視凱西的臉色。好險，她發揮了平常的冷靜，連眉毛都沒動一下。

「我有異議。」

這回是佩環出聲，真琴一顆心又提起來。

「用錢買情報不是很妥當。」

「什麼？代理局長潔癖很嚴重啊。不，站在醫檢局最頂端的人也許應該如此，但……」

「奎格，你別太武斷。我不是說用錢買情報本身有什麼問題。」

「不然是什麼問題？」

「會為了錢賣情報的人，也會把同樣的情報賣給其他人。我們加價就太傻了。」

唔——奎格點頭。

「有道理。那麼代理局長有什麼替代方案？」

「我們有優勢。」

「什麼優勢？」

「我們知道包生條蟲突變種，亞美莉亞不知道。亞美莉亞被瑞德勒局長當成女僕使喚，換個說法，她是瑞德勒局長在家以外最親近的人。也就是說，既然瑞德勒局長感染了包生條蟲，她當然也有機會感染。」

「有意思。妳打算用亞美莉亞本人的肉體作為談判籌碼？」

「可是，那應該作為最後的手段。你們還不希望一般人知道包生條蟲的存在吧？」

「當然。她那個人可是首先就想到要買賣情報。包生條蟲不是我們要出的第一張牌。現狀是要在不讓亞美莉亞得知情報的重要性的情況下，跟她殺價吧。」

「那OK。」

這時候凱西終於參戰了。

「我已經用東哈林的作法談了個開頭。這時候她應該正在和各種貸款的請款書乾瞪眼。」

聽他們三人說話有礙心臟健康。奎格應該是不知道凱西的背景才會有那種近乎歧視的發言，但凱西和佩璟能忍耐到什麼時候？不，也許奎格的發言並不是歧視，只是依照對金錢的貪婪加以區別而已。

凱西的話在腦海中浮現。自由的國度美國同時也是一點也不自由的國度。正因為是民族的大熔爐，對歧視的定義和種類超出了真琴能夠理解的範圍。據凱西說，東哈林區的居民之間也存在歧視。異鄉人真琴不知要花上多少年才能理解。

「問題是時間。」

一直沉思的奎格忽然想起般說道。

「既然不能拿鈔票掌她嘴，也不能把她的頭按進洗臉盆，除了等亞美莉亞的動靜沒別的辦法了。但就算我們能等，包生條蟲卻不會等。在這段期間，包生條蟲也許就在幾十個、幾百個人，甚至幾萬個一般民眾的肚子裡不斷繁殖。難道我們不能採取行動嗎？」

「那個……」

真琴怯怯地舉起手，三人才一臉發現她也在的樣子。

「剛才，佩璟認為最好等到最後再將包生絛蟲症告訴亞美莉亞，但我認為可以劈頭就打出最強的王牌。」

佩璟深感興趣般看著她：

「妳有什麼依據嗎？真琴？」

「無論什麼民族、什麼階級的人，最愛惜的都是他們的性命。」

說完，真琴從包包中取出檔案夾。讓佩璟和奎格看了其中一張，兩人都嗚了一聲皺起眉頭。

「相當嚇人，但這又怎麼樣？」

「我想用這個作為談判材料。」

真琴說出自己的想法，包括凱西在內的三個人同時表示同意。

一個小時後，真琴與凱西和奎格這三人小組便在亞美莉亞的公寓與她對峙。這次由真琴自告奮勇主持談判。

「我明明說要花時間才想得起來，妳們怎麼這麼快就又上門了。」

「在那之前先介紹一下。這位是CDC總部來的奎格　史都華醫師。」

不愧是待過醫檢局的人，一聽到CDC亞美莉亞臉上便閃過緊張之色。

「不是犯罪搜查的一環嗎？為什麼又有CDC的人跑來？」

「因為這既是犯罪搜查，同時也是嚴重的醫療問題。對了亞美莉亞小姐，我們想要的情報妳想起來了嗎？」

「哦，那個我已經想起來了。」

亞美莉亞別有意味地笑了笑。一副談判我占優勢的笑容。

「那麼請說吧。」

「等一下！我不是說，要想起來除了時間還要別的嗎？」

「可是，妳已經想起來了吧。」

「啊，真是夠了！」

亞美莉亞大概是忍無可忍，自行摘下了聖人面具。

「看這破公寓的破房間就知道了吧！我沒工作，連明天的三餐在哪裡都不知道。我現在最想要什麼，你們難道看不出來嗎？錢啊，就是錢！」

「是嗎？可是這不是該用金錢買賣的情報。畢竟人命關天，而且是不特定多數人的性命。」

「能用錢來救命，還有比這更好的嗎！」

「話是沒錯，但不能保證亞美莉亞小姐把情報賣給我們之後不會把同樣的情報賣給別人。老實說，我們怕的是這個。我們想要的情報只怕必須要保密一段期間。因此，這段期間不得洩漏給第三方是絕對條件。」

「這個簡單。給我厚厚一疊紙鈔。紙鈔的厚度和保密的程度成正比。」

「那樣的話，反而證明了在雄厚的財力面前妳有守不住秘密的危險。所以我們想了一個讓亞美莉亞小姐嚴守秘密的方法。」

亞美莉亞大概認為這是挑釁吧，只見她猛地撲過來。

「哦，妳要拿我怎麼辦？難不成要給我下藥關起來？」

「我們完全沒有給妳下藥的意思，不過可能很接近關起來。」

「我要叫人哦！」

亞美莉亞朝門奔去，卻被彪形大漢奎格按住了。

「放開我。放開！」

「亞美莉亞小姐，妳知道瑞德勒局長是死於肝癌嗎？」

「知道。那又怎樣？」

「不是的。瑞德勒局長其實不是死於肝癌，是寄生蟲。」

「What？寄生蟲？」

「一種叫作包生條蟲的寄生蟲。」

真琴從包包中取出那個檔案夾，首先將包生條蟲的放大照片拿到亞美莉亞面前。看了照片，亞美莉亞臉上漸漸染上恐懼之色。

「這……是什麼怪物？」

「包生條蟲棲息於密西西比河下游，但這是突變種。從蟲卵到孵化為幼蟲的期間與一般包生條蟲無異，但這個突變種在孵化為幼蟲的那一刻起，便立刻造成肝功能障礙。換句話說，在漫長的潛伏期之後，只有在最後那一刻才會有自覺症狀。由於蟲體極其細微又躲在囊泡內，難以與良性囊泡區分，ＭＲＩ也難以發現。第二個特徵是，這個突變種會分泌某種毒素。我們目前正嘗試分析，但我個人認為在最終階段宿主會痛不欲生很可能便是這種毒素造成的。而這種寄生蟲很有可能已潛伏在這裡。」

腹部被真琴指著，亞美莉亞難以置信地搖頭。

「怎麼可能。不要亂開惡劣的玩笑。」

「這絕不是玩笑。包生條蟲是經口感染的。猝死的瑞德勒局長是在某處食用了有包生條蟲卵的食物。換句話說，瑞德勒局長身邊的人也極有可能吃了同樣的東西。」

「這種胡說八道誰會信啊！」

亞美莉亞試圖擠出僅餘的一點點力量來抵抗。

是時候了。真琴將最具殺傷力的那張照片放在亞美莉亞眼前。

那是為權藤要一與蓑輪義純進行司法解剖時的患部放大照。患部因包生條蟲而遭到破壞、變色、潰爛。栃嵐等一般人看了都備受衝擊。亞美莉亞好歹也曾在醫療研究機構服務，應該比他們更加恐懼。

果然，亞美莉亞的視線死盯在照片上。

「這是什麼？」

「妳應該看得出來吧。是包生條蟲症患者的器官。到了最終階段，患者的器官便是這種狀態。到了這個程度的患者有多痛苦，不難想像吧。」

「妳騙人！這一定是假的！」

「我沒有理由特地從日本跑來騙妳。」

「可是，怎麼可能連ＭＲＩ都無法發現！」

「美國這裡還只有瑞德勒局長一個病例，但在日本已經有二人死亡，還有幾名可能的帶原者。」

「那些可能的帶原者，妳們怎麼處置？」

「目前，並沒有從體外驅除包生絛蟲的辦法，也沒有開發出中和毒素的疫苗。立刻住院開刀是唯一的辦法。一般醫院當然沒有能夠發現並去除包生絛蟲的knowhow。必須動手術時，到擁有包生絛蟲相關資料的CDC醫療院所住院是最佳且唯一的選擇。」

虛張聲勢的態度從亞美莉亞的身上迅速滑落。接著奎格抓住最佳時機來到她面前：

「事情就像真琴說明的。CDC已經做好接納包生絛蟲症患者的準備，也召集了精英以便發現並除掉寄生蟲。但是，有一個頭痛的問題。」

「什麼問題？」

「我們追蹤了瑞德勒局長以及日本考察團的行動，發現他們經過的場所範圍非常廣。預測將會出現不特定多數的感染乃至疫情大流行。CDC的相關院所是有限的，可以預料床位將會不足。那麼，亞美莉亞，妳能猜想到接下來事情會如何發展嗎？」

奎格大概是有幾分虐待狂的傾向，只見他愉快地逼問亞美莉亞。他個子又高，被他一逼肯定倍感壓迫。

「相對於感染者床位不足，就會產生優先順序的問題。ＣＤＣ不可能因種族、社會地位、貧富差距而歧視患者。但是，妳不認為想買賣有助公眾利益資料的叛徒應該排在後面嗎？」

奎格彷彿要輾壓般擋住了亞美莉亞的退路。

「亞美莉亞，妳有心愛的人嗎？家人或是情人都可以。」

「……Why？」

「趁現在多留下美好的回憶吧。從日本來的考察團成員和瑞德勒局長都在幾週前身亡了。算算日子，妳肚子裡的怪物寄生蟲就要開始發威了。」

亞美莉亞立刻渾身顫抖，腿軟坐倒。

「現在還來得及哦，亞美莉亞。快選吧，要錢還是要命？」

「……救救我。」

「可以。」

奎格輕輕扶起亞美莉亞，讓她坐在椅子上。那張椅子靠牆，所以便形成三人環繞坐下的亞美莉亞的局面。

負責威脅的奎格一副沒我的事了的樣子，將問話的工作交給凱西。由於必須問出詳細情報，對語言能力沒把握的真琴只能退居旁聽。三人配合默契。不知情的人，萬萬想不到這三人小組是剛剛才成立的。

「二〇一三年八月二十八日，來自東京的七個都議員到紐約市醫檢局參訪。就是這七個人。」

凱西給亞美莉亞看一張照片。就是向蓑輪福美借來的、考察團的團體照副本。

「是這些人沒錯嗎？」

「……其中幾個人長相很有特色，我記得。嗯，應該就是這些人沒錯。」

「接待考察團的是誰？」

「瑞德勒局長。平常副局長也會接待，但遇到重要的貴賓一定都是局長陪同。」

「也就是說，這個考察團對醫檢局來說是重要的貴賓了？」

「我要訂正。是對醫檢局或是局長個人很重要的貴賓。」

「剛才妳情緒波動很大，也就是說，妳也跟著局長和考察團同行了？」

「對。」

「那天考察團的行程，妳想得起來嗎？」

「沒辦法到詳細的時刻。」

「沒關係。」

「我記得考察團是午餐時間結束後過了一陣子才到的。由瑞德勒局長領著他們在醫檢局裡參觀。」

「妳記得路線嗎？」

凱西取出醫檢局的平面圖。亞美莉亞回溯記憶般思索之後才動筆。院內感染的可能性雖小，但為了找出感染源，不能有疏漏。

「參訪完醫檢局之後有什麼行動？」

「考察團的團員和瑞德勒局長一起到餐廳用餐。到了九點多，所有人走出餐廳，我一個人先脫隊了。」

「妳記得是哪家餐廳嗎？」

「是我的薪水絕對去不起的地方，所以我記得。是第五大道一家叫『赤道』的餐廳。」

「那之後考察團的行動呢？」

「我不知道。」

「第二天瑞德勒局長有沒有什麼不一樣的地方？」

「沒有。他準時上班……對了。我問了我走了之後的事，他說他晚餐結束後就立刻回家了。」

訪談內容奎格以數位錄音機錄音，但真琴也記下了那家餐廳的名字。很難指望店家還留著幾年前的菜單，但既然包生條蟲是經口感染，最重要的便是料理選擇了哪些食材。而且從第二天的行程來看，當天的晚餐應該是瑞德勒局長和考察團唯一一同用餐的時候。換句話說，這是唯一可能感染包生條蟲的時候。

「瑞德勒局長對考察團有沒有說什麼？無論是整體，還是個人。」

亞美莉亞陷入沉思。畢竟事關自己的治療，她神情認真。

但不久之後，她便無力地搖頭。

「不行，我想不起來。我想，要不是他沒說，就是說了也沒印象的事。」

「妳沒說謊吧？」

「我才不會拿自己的性命來說謊。」

「妳信什麼教？」

「幹嘛問這個？」

「妳敢對妳信的神明發誓？」

「我發誓！」
「OK。」
凱西舉起雙手表示結束。亞美莉亞鬆了一口氣，肩頭放鬆了，但凱西並沒有要這樣就放過她。
「我們會讓妳優先進入醫療院所，但那純粹是患者方的權利，治療的優先權屬於CDC。」
「……什麼意思？」
「沒有什麼特別嚴重的意思。只不過，要是妳住院時想起什麼有用的情報，妳得到手術和治療的優先順序也會提前。妳明白了嗎？」
「……明白了。」
「把會用到的東西整理一下，我這就叫救護車。」
奎格從懷中取出手機。
「還好妳正在待業。暫時要在病床上休假了。」
把亞美莉亞交給很快便趕來的救護車後，三人返回醫檢局。這下感染源和感染的機會就縮小到相當有限的範圍了。之後必須洽詢「赤道」，無論如何都必須查出當天的菜單和所使用的食材——。

在回程的車上，真琴因為緊張和使命感沒說什麼話。打開話頭的是開車的奎格。

「不過，我真的被真琴嚇了一跳。」

「咦！」

「沒想到妳竟然會把病灶的放大照片用來威脅。我自以為粗蠻霸道不落人後，卻沒想到那招。」

「一點也沒錯。」

凱西不知是覺得哪裡好笑，只見她滿面笑容地回答。

「我本來想以東哈林的作法說服亞美莉亞，故意忽略佩璟指出的弱點。畢竟現在分秒必爭。但真琴卻拿出了比錢更凶暴的凶器。」

「是啊。那的確是駭人的凶器。和麥格農不分軒輊。是醫生最厲害的武器。」

「活生生被背在背上的小妹妹教了一課啊。」

「那是什麼？」

「真琴順利地繼承了Boss的衣缽呢。那不就是Boss對付那些都議員的心理戰術嗎。一點突破、埋頭猛衝、一擊必殺。老實說，被妳搶先一步，我好懊惱哦。」

「那種事我才不想搶先。」

「等等。剛才那是光崎教授的手法嗎?」

「是啊,簡直就是複製貼上。」

「天啊!」

牟格感動萬分般搖頭。

「原來待在他身邊,不但能學手術,還能學到談判技巧。」

「那才不是談判技巧!哪有那麼文雅!」

「謙虛果然是日本人的傳統美德啊。真琴,我必須向妳道歉。剛見到妳時,我還以為妳是個沒見過世面的寶寶,原來妳是個神力女超人。」

「拜託別說了。」

「打個商量,如果CDC派人去你們團隊,光崎教授願意收嗎?CDC很多人都崇拜他。當然我也是其中之一。」

聽到有人推崇光崎,凱西一定是高興極了。只見她從剛才笑容就沒停過。真琴也差點跟著笑,但連忙轉念。

接納光崎的崇拜者，不就意味著法醫學教室要多好幾個凱西嗎？

一想像那個情景就不寒而慄。

「不好意思，我們法醫學教室已經超額了。」

「員工不是只有真琴和凱西兩個人嗎？」

「不，還有一個粗魯的單細胞，腦漿是肌肉做的人。」

「這我就不懂了。那種資質的人，在光崎教授的團隊裡能做什麼？」

「主要是挨罵。」

4.

真琴和凱西去美國後，古手川其他任務堆積如山。

其中之一便是噴藥。包生條蟲的感染途徑是混入生物糞便的卵附著於農作物等之上，再進入人類口中。當然就必須在對象者住家鉅細靡遺地噴藥。

以支援之名隸屬於保健衛生第三科的古手川，一面與縣的感染症情報中心合作，一面忙著辦理以故世的權藤與蓑輪及那五個可能帶原的都議員家與都廳為主的噴藥手續。

不僅古手川，光崎也參與了噴藥這件事。只不過光崎是向保健所下指示、聲請於都廳內噴藥，也就是作戰參謀，而古手川是執行部隊。

意外的是，在開始之前原以為會最麻煩的都廳反而是最合作的。不知是城都大公開情報奏了效，還是光崎談判的成果，總之都廳方面二話不說便答應了。

「這樣說好像不太好，可是這很像做安心的。」

由於真琴和凱西不在，法醫學教室裡只剩下自己和光崎。古手川忙著分配保健所的職員，光崎則是忙著與醫療院所協調。

光崎沒有回應，古手川便繼續說下去：

「要驅除寄生蟲噴藥確實是慣例，可是又不能保證一定有效。」

古手川會發牢騷是有原因的。通常要驅除包生條蟲，使用的是一種狐狸的驅蟲餌。古手川也看過實物，那是將吡喹酮（praziquantel）這種藥劑和進魚漿裡做成食餌。在包生條蟲棲息的北海道，會將這種食餌灑在路上，餵包生條蟲的宿主狐狸和狗，以達到驅蟲的目的。

但這次的包生條蟲疫情並沒有野生動物介入，不能採用同樣的方法。

「與其為了這種做安心的事動員我和保健所的職員，難道沒有更有效的手段嗎？」

「吵死了，小子。」

好不容易有了反應，竟然是這樣。

「現在還沒有完全了解突變種的特性。不見得和以往一樣都只混在糞便裡。也可能像蛔蟲一樣從肛門排出，或是藏在嘔吐物裡。現在的作法是考慮到這些可能。要是你有比這更有效的驅除方式，現在就講出來。」

「沒有，我沒有替代方案。」

「那就閉嘴做你的事。」

計算出對象地點的總面積，試算噴灑全面積的藥量。將概算出來的結果告訴縣的保健衛生課，但何時能展開作業則必須視庫存盤點的結果與藥廠的生產能力而定。

至於權藤被送去的城都大附屬醫院，以及蓑輪斷氣的熊谷南醫院，早早便已著手噴灑。南条等人不可能不知道這對突變種有多少效果令人懷疑，但作為收容帶原者的醫療院所，想必需要採取一些讓人看得到的行動。

目前，針對可能的危險地點依照既往方式噴藥。了解包生條蟲症實情的古手川看在眼裡心急如焚，但對於尚未建立起認知的一般民眾，這或許是最好的辦法。

然而同時，搜查一課的古手川則要向倖存的五名議員追究責任。他們為何不約而同保持緘默？再怎麼善意解釋，都令人感到可疑。說實話，就是充滿濃濃的犯罪感。

好，要如何攻破那群嘴很緊的傢伙——古手川正苦思時，有人打開了法醫學教室的門。

「呵呵，今天真是冷清啊。」

突然現身的南条也不客氣一下便在光崎身旁坐下來。

「到底怎麼了？女生們全都討厭你了？」

「去美國了。」

光崎瞪眼答道。

「感染源在那裡。」

「現場調查嗎。有門路？」

「運氣好，考察地點之一的紐約市醫檢局有凱西醫師的同學。」

「無論國內外，法醫學界就是那麼小啊。所以不算運氣，是必然吧。她們倆可是蒙斯界大名鼎鼎的光崎藤次郎親炙，在那裡一定受到熱情款待吧。」

「今天有什麼事？」

「一早就紛紛有人想來我們這裡住院。柴田幹生、滑井丙午、多賀久義、栃嵐一二三、志毛晴臣這五個人。」

「南条教授，那是……」

「是啊，就是考察團剩下的那五個。還都是奧客，一個比一個任性。要特等單人房啦，要杜絕媒體啦，要以可能最快的速度去除包生條蟲啦，自以為是哪國的名人ＶＩＰ。」

「偏偏都跑去城都大附屬醫院啊？」古手川問。

「畢竟頭一個公開情報的是我們。既然要住院，當然想去情報和設備都齊全的醫院啊。」

「可是就連滑井議員也去了？那個老頭，明明說肚子裡養著寄生蟲猝死才是理想的死法說。」古手川說道。

「那個老頭才最急迫吶。說什麼『要是現在失去我，都政就像一艘缺了羅盤的船。要是你們眼裡還有一千萬都民，就趕緊給我治。』讓那種人長期住院才是都民之福，但住了那種身體爛到骨子裡的人，會把我們醫院搞臭。我可要把話先說清楚，光崎，這都是你的責任。都是你威脅那些議員，把他們嚇得往我們這裡跑。一個個在那邊擺官威耍無賴，害我們行政叫苦連天。」

「你也拿出你醫生的派頭來威脅他們。放話說不聽醫囑就讓他們變成標本室裡的標本。」

「這我還真的考慮過。好了，談正事。」

「說吧。」

「古人說，窮鳥入懷，仁人所憫，但不巧我不是仁人。人家都銜著線索飛進來了，就這樣趕回去未免可惜。」

「你要乘人之危？」
「是不是乘人之危，要看時候和場合的好嗎？」
「已經辦好住院手續了嗎？」
「還沒。我不是說行政大亂嗎？」
「讓他們等。」
光崎緩緩站起。
「我也去。我來督促那些人一下。」
「正有此意。」
兩名老教授交頭接耳開始動起歪腦筋。
用不著聽說滑井的慌張樣，他們五個都想要住進城都大附屬醫院就證明了火燒屁股。這時候光崎再添一把柴，五人當中至少就會有一個人開口。南条就是料到這一點，才特地來法醫學教室的。
這樣的話——古手川也站起來，
「我也要出去。」
光崎只瞪了一眼也不問他去哪裡，十足十他一貫的作風。

來到蓑輪家的古手川，發現整個屋子慌慌亂亂的。繞到後面，未亡人福美正忙著將日式傳統鏡台搬到庭院。

「哎呀，古手川先生。」

「您在忙什麼呢？」

「下午保健所的人要來，說要在家裡噴驅蟲藥。所以我正在把不想被噴到的家具搬出來。」

「您不嫌棄的話，我來幫忙。」

「不用了。」

「現在又沒有男丁可以出力啊。」

古手川不由分說便從福美手中搶走鏡台，搬到院子。

「還要搬哪樣家具？」

「……古手川先生，你可能入錯行了呢。」

「那您認為我適合做什麼？」

「強迫推銷應該最適合吧？」

即使如此，一個女人要移動家具仍不是一件簡單的事，結果福美幾乎把所有搬動家具的工作都交給了古手川。

家具大致都搬到庭院後，福美從屋裡叫道：

「喝杯茶吧？」

古手川便領受了好意，進了屋。

由於起居室幾件家具都搬出去了，相當空曠。當然，只有福美一個人住在這裡，也使得屋子加倍空虛。

「這樣一看，原來我家也挺大的呢。真讓我吃驚。」

「搬出去的家具有些也已經很多年了。」

「那是我的嫁妝。像鏡台啦，搖椅都是。舊歸舊，但很有感情。」

「不如趁這個機會換新的？」

「用久了捨不得呀。」

「沒想到蓑輪太太比一般人重感情呢。」

「……這話聽起來好像有刺。」

「我想也是。因為我故意的。」

「什麼意思？難不成你還在懷疑我？」

「怎麼會呢。您先生的身體經司法解剖，已經確認死因是包生條蟲了。這件事沒有犯罪成分。」

「那……」

「沒有犯罪成分，但有心機。」

福美的臉上出現猜疑之色，但古手川不管。

「您曾經說過，您先生請開業的醫生同學檢查性病。就是中野的『池內診所』，我因為想確認一些事，後來又去了那裡一次。」

「你想確認什麼？」

「時間。您先生是九月四是在熊谷南醫院病故的。在前一天被送去急救前，他都固定去『池內診所』就醫，我向診所確認之後，得知醫生同學最後開出處方箋的日期是八月五日。而且，那張處方箋是由緊鄰診所的藥局調劑的。您也知道，調劑必須以處方箋交換領回，因此處方箋不會留在患者手邊。所以，」

古手川望進福美雙眼。

「您說在您先生去世的前一天九月三日看到處方箋，是騙人的。您在您先生被送急救的很久之前，便知道他罹患了性病。這麼一來，司法解剖前吵過的那些事情便又復活了。其中之一就是壽險。這個我重新調查之後，發現您先生被保了五千萬圓的壽險。金額算是合理，但五千萬圓仍是一筆鉅款。還有這房子。您說貸款已經付完了，而這可是住宅區裡風雅的獨棟住宅。我問過房仲業者，他們保證這樣的物件總價可以賣到一億。五千萬圓的保險金和估價一億圓的不動產。您先生過世之後，這些就全都是蓑輪太太您的了。」

「我沒有殺害我先生。」

「是啊，您沒有殺人。只不過裝作不知道您先生有性病。這是為什麼呢？」

「你說呢？」

「您是巴不得性病惡化，最好趕快去住院。蓑輪義純先生的同事和太太都以為他是個有潔癖的人。而這樣的蓑輪先生其實會買小姐，這不僅讓他本人面子不保，同時對多年來都被蒙在鼓裡的您更是難以忍受的背叛，不是嗎？」

福美只是望著他，表情沒有任何變化。

「您之所以一直將性病一事保密，是因為您不願意讓人知道您先生一直背叛您。要是被人知道了，不但往生者丟臉，您也會蒙羞。您的自尊心不允許。」

一陣沉默之後，福美緩緩開口：

「這樣犯了什麼罪嗎？」

「沒有。所以我才會這樣坦白直說。」

「這是誅心，所以無論我說什麼都無法證明。」

「是啊。」

「那，為什麼你要問沒有回答的問題？」

「因為我這人就是沒辦法把事情存在心裡。」

「我收回前言，古手川先生，」

福美淡淡一笑。

「你還是適合當刑警。」

Chapter 5

人之毒

1.

真琴站在「赤道」前。

本以為只有鄉下人才會聽到第五大道的法國餐廳就緊張，但當餐廳就在眼前，便不由得自卑起來。自己的低薪從未像今天這麼讓真琴哀怨。

這一帶的商店每一家都華美與厚重兼具，「赤道」也不例外。明明只是個吃飯的地方，卻連走進去都需要勇氣。

立在餐廳前的菜單是法文的，適度刺激了美國人的崇法情節，上面沒有標明價格更是挑釁。但因為附了照片，香煎鵝肝醬與牛角蛤、美國龍蝦高湯凍、烤鴨佐橘醬等，光看就使口中唾液狂流。

「真琴，妳幹嘛一臉沉重？」

凱西訝異地問。

「這種地方的晚餐一定很貴吧？」

「這是要求正式服裝的餐廳呀。像紅酒，光看價錢就能把人醉倒。」

「在來這裡之前，我對權藤先生和蓑輪先生那些染上包生條蟲症的人純粹感到同情。」

「我想也是。」

「可是，議員的考察用的是人民的稅金呀。想到這一點再到店門前一站，同情心就變淡了。」

真琴與古手川在都議會圖書館查東西時了解了一些議員出國考察的相關知識。包括權藤等人在內，很多議員的海外考察走的都是與觀光路線相仿的行程。光看行程不過就是遊山玩水，但考察中當議員從施政的角度問起基礎建設與安全標準的那一刻，便成為考察。

換句話說，只要稍微做個樣子，再怎麼浪費稅金都有辦法正當化。

「一想到他們用都民的血汗錢在這種地方吃豪華大餐，就覺得他們被包生條蟲寄生也是自作自受。」

「這想法實在不合邏輯。議員把人民的稅金用來私人豪遊的事實與被包生條蟲寄生之間，沒有任何因果關係。」

「要講邏輯確實是沒有，可是我總覺得不服氣。」

「會為這種程度的荒謬苦惱，那真琴實在沒辦法住東哈林。那個地方不要說錢了，就連人命都會被白白浪費。」

凱西輕描淡寫地吐出的話令真琴感到沉重。

「這樣好了，真琴，我來說點讓妳消氣的事。」

奎格耍寶似地探頭過來說。

「在第五大道購物的客人當中，會來這家餐廳用餐的還是以參議院議員和企業高層居多。他們個個都是吸社會弱勢和勞動者的血。這些活像寄生蟲的混蛋被寄生蟲寄生，妳不覺得是最妙的笑話嗎？」

真琴聽不出哪裡可以讓人消氣，但奎格是為了她才說這些，她便報以笑容。

「問題是，這是四年前發生的事了。」

凱西則是毫無笑意地說。

「四年前的晚餐菜單，用了什麼食材、當天吃了那些菜色的客人有誰？一想到只能靠紀錄或記憶來查出這些，我就好鬱悶。不講講黑色笑話排解一下實在難熬。」

時間是下午三點。午餐時間已經結束，距離晚餐也還有一段時間。在沒有客人的時段，餐廳和廚房應該有空才是。

三人終於走進餐廳。果然，裡面空桌很多，服務人員的動作顯得緩慢。但慢歸慢，還是不會拖泥帶水，看得出服務人員訓練有素。

待客方面亦然，對真琴這些不是來用餐的客人，尤其對少數族群的人的應對更是爐火純青，凱西去問，最初那兩人以全然不知的神色應付。說到這，她們別的名牌分別是Simone和Fabienne，都是法國女性的名字。遇到的第三個名叫史蒂芬妮的女孩才總算有了親切的回應。

「是CDC的奎格先生一行人吧。我這就去通報主廚。」

然而，儘管奎格事先約好時間，三人還是被撂在廚房後的後院超過二十分鐘。早已習慣在這類訪談時被冷落的真琴和凱西也就算了，才過五分鐘奎格就開始不耐煩了。

「這家餐廳是不是把讓客人等當作理所當然？」

奎格身為CDC的調查官，大概沒有人敢在辦案時讓他等吧。即使如此，當老闆兼主廚彼特・寇德威爾出現時，奎格還是立刻便伸出了手。

廚師胖胖的，就會讓人認為出自其手的菜餚美味可口。光就這一點，彼特身為廚師是及格的。挺出來的大肚子和多肉的臉頰都幫忙加分。

第三者都看得出很敷衍的握手之後，奎格立刻開始發問。二〇一三年八月二十八日，給來自東京的都議會議員出了什麼菜、用了什麼食材？——這一問，彼特便聳聳雙肩驚訝道：

「你問我記不記得四年前的晚餐菜單？很不巧我既不是電腦，也不是食譜網站，我只是一介廚師，當然不可能記得。」

「剛才我看了一下菜單，品項並沒有很多。如果就只有那些變化的話，您應該想得起來吧？」

「外行人就是不懂。」

彼特邊摘下廚師帽邊就近在椅子上坐下。相較於他的體型，那張椅子小得可憐，真琴真心擔心椅腳隨時都可能會折斷。

「放在外面的是套餐。菜單上還準備了三十種以上的單點菜色。食材也會隨著季節更換，即使是同樣的食材，也不見得每年都長得好，就跟紅酒一樣。不可能一年到頭都是同樣的菜單。」

「您的意思是變化很多嗎？」

「說得極端一點，有時候會看到預約的客人的面孔才決定菜單。有些民族不吃牛，其他不能吃特定動植物的禁忌也很多。只有中國人不必操這個心。畢竟地上四條腿的除了桌子、天上飛的除了飛機，他們什麼都吃。」

從彼特的臉色看不出是開玩笑還是說真的，真琴不知該如何反應。

「有時候也會因為市場上買不到預定的食材而更換菜單。每天的菜單都是活的。別把我們跟溫蒂和福來雞混為一談。」

「那麼，我這樣請教您吧。來自遠東的一群鄉巴佬議員慕第五大道之名而來。為這些人備的餐，您應該現在也想得起來吧？」

這幾句話微妙地刺激了居住於遠東的人的自尊，但為了取得彼特的證言，真琴也只能忍耐著等彼特回答。

然而，彼特有不同於種族的歧視。

「我不會因為膚色和語言而歧視客人。無論是味蕾被中式辛香料麻痺的，還是吃太多垃圾食物味覺停留在三歲的，我都一視同仁。我給他們吃的東西和給米其林評審吃的都一樣。」

「那麼，能不能以八月二十八日這個日期來回想菜單呢？這時期是盛夏，應該會儘量避免不易保存的食材吧？」

對於奎格一連串的追問，彼特皺起眉頭。

「你叫奎格是吧。從剛才就變著法子問，到底想知道什麼？看你的頭銜是ＣＤＣ的調查官，難不成是我們出的菜發生了什麼問題？」

「案子目前正在調查中，無法露透詳情。」

「那麼你請回吧。要是ＣＤＣ的人來我店裡調查的事情傳開來，我跳進哈德遜河也洗不清。」

奎格考慮片刻。這時候，是要堅持偵查不公開而被對方拒絕協助，還是要揭露事實內幕來發掘新情報？

「其實是那些來自東京的議員中，出現了被寄生蟲寄生的患者。」

「寄生蟲！」

彼特頓時變了臉色。

「你是說我的菜裡有寄生蟲嗎！混帳！竟然找我碴！」

「不，我們不是找碴，只是告訴您有這個可能性。」

「他們是四年前來的吧。哪有會潛伏四年的寄生蟲？」

「還真的有啊，主廚。而且那種寄生蟲對人類具有殺傷力。已經有三人死亡了。」

「那三個人都是那時候的客人？」

「YES。」

「這樣的話，你們懷疑我餐廳的食材也沒有用。」

「為什麼？」

「我們都是跟聯合廣場的市集進貨。除了我們，也有很多餐廳在那裡採買。不止餐廳，一般民眾也會去買。萬一我們的菜裡發現寄生蟲，那麼除了我們以外的餐廳和紐約市內一般家庭應該出現更多患者才對。」

「我們無法排除那個可能。但是這種寄生蟲的特徵就是潛伏期很長。」

「但從發現寄生蟲到現在也才只有那三個人不合道理。如果是我們處理的食材裡有寄生蟲卵，除了那三個人應該還有更多人受害。CDC難道查不出來嗎？」

彼特的主張也言之成理。奎格又陷入沉思。

「那麼主廚，想請教您的意見作為參考，八月的菜單有哪些食材是以生食提供的？」

奎格的發問意圖很明顯。包生條蟲幾乎都是經由動物排出的糞便來到地表，附著在蔬菜上。因此奎格首先懷疑蔬菜的來源。

「那個夏天應該沒有提供任何生食。」

「什麼？」

「你忘了四年前橫掃紐約的酷暑嗎？」

「啊……」

「七月起連日氣溫都超過三十五度，一早進的生鮮食材在外面放個五分鐘就會腐壞。那麼危險的東西不能賣，所以紐約凡是有良心的店都把涼拌和生鮮沙拉從菜單裡剔除了。當然不能完全不用蔬菜，所以一定會煮熟。也因此市內雖然食物中毒頻傳，我們和一些採取了相應對策的餐廳應該沒有出現任何病例。」

奎格臉上出現困惑之色。真琴也同樣感到期待落空了。那感覺就是一心以為好不容易找到了一條重大線索，正要抓住的那一瞬間從手中溜走了。

「也許你不願意承認，但這個方向錯了。」

彼特神情嚴肅。

「看你們的表情，就知道事情重大。既然連CDC都來了，事件便很有可能擴及全美。那我就更要說清楚，你們挖錯地方了。」

兵。

彼特以一句沒有什麼好說的單方面結束了談話，這下就連奎格也只能摸摸鼻子收

「主廚說的沒錯。要懷疑這家餐廳，就必須同時懷疑聯合廣場的市集。然而，大前提是，如果二〇一三年八月沒有端出生的蔬菜是事實，那麼瑞德勒局長、權藤、蓑輪接觸包生條蟲的地點就不是這裡。我們挖錯了地方。」

奎格的眉頭鎖得更緊了。牽起考察團一行人與瑞德勒局長的線在他們離開「赤道」之後就斷了。這裡是最後、也是最大的線索。

「不同於考察團，瑞德勒局長在這裡任公職，他的行動留下了紀錄。就像亞美莉亞說的，瑞德勒局長於翌日二十九日照常到醫檢局上班。如果不是『赤道』，那麼那三人到底是在哪裡接觸到包生條蟲的？」

奎格的聲音大聲了些。結果也不知是巧還是不巧，這時候一個女服務生來到後院。便是剛才幫忙通知彼特的史蒂芬妮。

「輪妳休息了啊？」

沒想到奎格意外細心，只見他過意不去地要站起來。

「不好意思占了妳的地方。我們就要走了。」

「對不起，其實剛才的話我不小心聽到了。」

這回換史蒂芬妮過意不去了。

「我在門前站了很久，就聽到主廚的聲音。」

「……妳全都聽到了？」

「從來自東京的議員裡有人被寄生蟲寄生的地方開始。」

傷腦筋啊——奎格說著搔搔頭：

「我們也請主廚保密，因為事情還在調查中。我們為寄生蟲的事來訪也希望妳不要說出去，也不要告訴親近的朋友。要是傳出了什麼，會不利於『赤道』，只怕也會害妳很難在這裡待下去。」

語氣是平靜的拜託，其實卻是威脅。真琴心想這完全是奎格的作風，但史蒂芬妮卻有了意外的反應。

「那個，我記得來自東京的客人。」

「What？」

「他們叫其中一個人瑞德勒局長，其他人都說日語，所以應該就是那群人吧。」

「妳懂日語？」

「只要有亞裔客人來，都由我負責上菜。因為其他服務生都不願意……後來我就能分辨中國話、韓語和日語了。雖然我都聽不懂。」

凱西問微微低頭的史蒂芬妮：

「妳專門服務亞裔客人，是因為妳也是少數族群？」

「我是義大利裔。在這家餐廳，這類事情很平常。」

「可是老闆兼主廚彼特，看起來不像法裔啊？」

「主廚並沒有種族歧視。只是因為我們是開在第五大道的一流法國餐廳，就請了很多法裔的員工，結果就變成這個樣子……」

這時真琴又無語了。日本固然不能說完全沒有種族歧視，但至少沒有如此明目張膽吧。

「那些客人說在『赤道』用餐之後就散了對不對？」

「是啊，至少紀錄是這樣。」

「不是的。」

史蒂芬妮泰然說道。面對她的奎格則是驚訝地睜大了眼。

「什麼意思？」

「我一盤盤上菜，就聽到了一部分客人的交談。」
「哦，那很有可能。」
「所以我聽到了。那群人好像已經說好用完晚餐後所有的人要一起去下一個地方。」
「妳說什麼？」
奎格離座抓住史蒂芬妮的肩膀。
「他們說，後面還有行程，最好不要吃太飽。」
「他們說要去哪裡？」
結果不知為何史蒂芬妮頭也不抬地說了那個地方。
「990公寓……」
一聽到這句話，奎格和凱西都出現同樣的反應。就是觸碰到共同的禁忌的那種狼狽的表情。從一連串的談話，真琴知道那是建築物，但對她而言是全然陌生的。
「凱西醫師，990公寓是什麼？」
然而，平常有問必答的凱西卻遲遲不回答。真琴正覺得奇怪，奎格似乎看不下去，便代替遲疑的凱西回答：

「真琴完全不曉得？」

「對，完全不曉得。」

「990 公寓，是因為那個地方位於曼哈頓第六大道 990 號才起的別名。」

「所以果然是公寓了。」

「那裡曾經是韓國妓院。」

這次換真琴沉默了。

「我之所以用過去式，是因為 990 公寓已經被破獲了。」

奎格以說明的語氣概述如下：

二〇一四年一月三十日，紐約州檢察局突襲曼哈頓第三十四大道的妓院，逮捕了十八名男女，內有十六名韓國人。他們的嫌疑除了賣春與仲介賣春，還包括販毒和洗錢。

他們的根據地曼哈頓 990 公寓的內部裝潢媲美高級飯店，並由經理透過電話或網路招攬顧客。正如上述列舉的嫌疑，990 公寓不僅提供性服務，還有以酒與毒品助興的套裝服務。這麼一來，客單價當然會更高。破獲時，990 公寓據推估至少已獲利高達三百萬美金。

「本來，賣淫集團以韓國城為中心活動便已人盡皆知。之所以加緊追緝，是因為二〇一四年二月有超級盃。紐約不能在來自全美的觀眾面前出醜。說得更白一點，是檢察署不想讓韓國人再繼續賺下去了。」

真琴暗自嘆氣。一想到連打擊犯罪都有種族歧視作祟，那麼警察是否正義就模糊了。

「他們還大力宣傳團隊中也有日本女性。啊，真琴，別那個表情。破獲的嫌犯裡一個日本人都沒有。所謂團隊中有日本女性，實際上是韓國女子假冒日本人而已。」

奎格可能是誤會了，連忙附加說明。但讓真琴皺眉的，並不是因為提到日本女性。而是在紐約這個世界最先進的都市裡，以性作為交易的產業至今仍存在的事實令她感到不快。

然而，真琴的不快因奎格接下去的話轉變為另一種不快。

「團隊中沒有日本人。但當局收押的顧客名單中卻散見日本人的名字。」

奎格以同情的眼光看真琴，

「光是名字被列在顧客名單中，並不能證明顧客吸毒。其中也有人因為喝酒吸毒不省人事，信用卡被盜刷，或收取天價服務費，說起來算是被害者的也不在少數，因此當局也沒有一一偵訊顧客。」
「那麼權藤先生他們考察團和瑞德勒局長也是顧客了？」
「二〇一三年八月那時候說『去990公寓』，就等於是那個意思了。」
我想——凱西接著說道：
「考察團和瑞德勒局長很有可能是打算在990公寓進食。對於不習慣吸食古柯鹼的初學者，混入餐點或飲料是常用手法。」
真琴奇怪凱西怎麼懂這些忍不住去看她，只見她本人緩緩搖頭。
「這在東哈林是比國歌更普及的常識哦。」
「傷腦筋啊。」
奎格伸手扶額呻吟。
「嫌犯被捕以後，990公寓就賣掉了。沒有留下賣春集團的痕跡，顧客名單等所有的資料又全都由當局保管。」
「可是，這樣的話向檢察署照會一下不就好了嗎？被捕的關係人還有好幾個還被羈押著吧？」
結果奎格一臉憂鬱地面向真琴。

「真琴，我聽說日本的公家單位在資訊透明方面並不先進。」

「……這我不否認。」

「那我反過來問妳，妳認為美利堅合眾國對資訊透明很積極嗎？要是妳這麼想，那妳對美國的認識就錯得離譜。」

2.

看來美國這個國家，並不如真琴以為的那麼自由開放。

奎格有了史蒂芬妮的證詞，立刻向紐約州檢察署申請照會「990公寓事件」的偵辦資料，被冷冷拒絕了。

「主要的理由是，嫌犯還沒有全部審結。」

真琴、凱西以及奎格三人，窩在佩璟給他們當作臨時對策室的獨立房間裡。

奎格賭氣地說：

「當然，媒體報導過的內容和法庭上公開的事實都已經作成文件可以自由閱覽。哼，我要的才不是那種二手、三手的情報。」

「檢察署對包生條蟲有沒有說什麼？」

「『因果關係未經證明，恕難提供資料』。」

「怎麼這樣！我們明明有光崎教授的解剖報告書。」

「真琴，妳要知道，光崎教授是法醫學的世界權威，檢察署裡當然也有支持他的人。但是，990公寓事件因為兩個外在因素，使得情報公開很困難。」

「怎麼說？」

「首先是990公寓也從事洗錢這項事實。他們賣淫賺到的三百萬美金先存進一般銀行，或流入下游組織的NPO團體。然而這NPO團體與某參議員有關，所以水很深。」

「所以是有政治壓力？」

「第二個也是一種政治壓力，被捕的十八人當中，有十人在審理中。一旦確定有罪，就是最低八年最高二十五年的徒刑，所以被告也很拚。辯護團有好幾個律師都以嫌犯很多都出自單身家庭、生長環境惡劣為由，主張無罪，而這個辯護團有個麻煩的後盾，就是那些韓裔參議員。」

從奎格厭煩的語氣，真琴彷彿看透了美國的人種問題。

「他們組織動員，主張所有被捕的韓國人都是應保護的對象。無論是賣淫還是販毒，都是這個國家根深柢固的歧視造成的悲劇，被捕的妓女其實是處於被害者的立場。」

從奎格平平的語調，就知道他不根本不接受這種說法。

「賣淫販毒的確存在這樣的社會背景，這我不否認。但要是承認這種說法的正當性，不久所有的犯罪就會拿貧困和歧視當作理由。警察、檢察官和法院便失去存在意義，因為所有責任都在國家和政府身上。」

奎格──凱西冷冷一句打斷他。

「這裡不是爭論個人主張的地方。」

「失禮了。總之，就像我剛才解釋的，990公寓事件至今未公開的部分很多。即使把問題聚焦在二〇一三年八月二十八日，當晚瑞德勒局長他們到底用了什麼餐點、接受了什麼服務？因為牽涉到吸毒，所以無法輕易對外公開。」

「如果能直接向賣淫集團的人問出來是最好的。」

「審理中的十人現在收監在地方法院的拘留設施。」

「那就找不起訴的那八個人。」

「他們的組織倒了，現在連住在哪裡都不知道。警方當然掌握了他們的住處，但恐怕不會告訴我們。因為當局多半只是把這八個人放出去，還是把他們擺在監視底下。」

沒別的辦法了嗎──正當真琴開始焦躁時，手機響了。

這是來到美國後手機頭一次有電話，真琴疑惑著看了來電顯示，來電者是「古手川」。

她立刻按了接聽鍵。

「古手川先生？」

『抱歉這麼晚打擾啊，有時差喔。妳那邊現在幾點？』

才分開短短幾天，真琴卻感到近一個月沒說話的懷念。

「這邊是早上九點。」

『那，應該說不好意思這麼早打擾了。妳那邊有沒有查到什麼？』

古手川會這麼問的時候，大多是沒有進展的時候。

「看來從在城都大住院的那五個人那裡沒有問出什麼眉目喔。」

『嗯。光崎教授正照例與那些議員一個個折衝中。』

「折衝，是嗎？」

『說得非常含蓄就是這樣。可是那五個人莫名團結，就連相對軟弱的志毛也堅決不開口。』

「現在知道他們不開口的理由了。」

真琴說明了考察團與瑞德勒局長在晚餐後前往 990 公寓的經過。結果電話那一端的古手川不出所料大罵：

『拿都民的稅金去國外買春？比遊山玩水更爛。難怪滑井那些人一直不肯說……不過等一下哦……真琴醫師妳怎麼想？』

「什麼怎麼想？」

『買春加吸毒。要是被國內知道了，當然會吵翻天，下台就不用說了，還會被捕。可是，他們面對光崎教授的醫師式威脅也不屈服，妳不覺得怪怪的嗎？』

「下台和被捕就已經是不小的犧牲了吧？有家庭的人就更是了。」

『是沒錯，但光崎教授用來談判的是他們本人的性命。換句話說，那些人寧可拿自己的命來換，也要隱瞞買春和吸毒的事實，可是妳覺得這是值得豁出性命的秘密嗎？』

真琴明白古手川的言外之意。

「那，古手川先生認為還有其他理由了？」

『對。至少是比買春和吸毒更不可告人的秘密。就算被寄生蟲咬破肚子也不能說的秘密。』

真琴本來覺得不至於，但古手川的話也有道理。他們已遠遠超出門見醜無人知的程度，越查就越發現考察團的厚顏無恥，真琴沒有任何依據加以否決。

又說了這邊的進展，電話裡便傳來平常的聲音：

『該說是地盤意識呢，還是垂直行政的弊病呢，這些狀況日本和美國也沒有差多少嘛。』

「既然沒差多少，那你要不要來這邊調查？」

『從真琴醫師說的聽起來，我在這邊至少語言會通，就比在那邊好多了。』

真琴一度想讓這個直情徑行型的刑警認識奎格，但忍住沒說。他們兩個人有些地方很像，要是語言溝通無礙，應該可以成為一對好搭檔。

『總之，知道考察實際上是買春之旅是一大進展沒錯。我會拿這些再去逼問那群屎爛議員。要是有什麼消息要跟我說。』

「可是有十三個小時的時差啊？」

『妳早該知道我們的工作是不分日夜的吧。』

才剛想像那張孩子般氣鼓鼓的臉，電話就掛了。

收起手機時與凱西對到眼。

「定期聯絡嗎，真琴？」

「不是的。」

「遠距離戀愛啊？」

「越扯越遠了。」

真琴說了古手川和光崎在日本苦戰的情形，凱西臉色也暗下來。

「由Boss出馬談判都沒有進展，肯定是有重大理由。也許古手川刑警說的對。」

「可是遊山玩水的出國考察，真的會做出超過買春和吸毒的犯罪行為嗎？」

「這一點我想美國和日本都一樣，心裡沒有規範的人一旦少了束縛，就會沒有極限地走偏。在沒有人認識自己的外地就更是了。」

一般民眾在旅行中突然化身為非法之徒的例子不勝枚舉。這應該是人性而不是國民性的問題了。那麼，那個考察團和瑞德勒局長的人性到底是什麼樣子？一想到這裡，真琴就覺得自己會對人類失去信心。

這時候凱西叫了聲奎格，面向他：

「真的不可能會見被收容的被告嗎？」

「我不會說絕對不可能，但一定會很花時間。ＣＤＣ雖然有一定程度的搜查權，卻沒有強制力。面對司法當局，權力平衡完全處於劣勢。」

「不起訴的那八個人很可能被監視對不對？」

「他們的不起訴是有交換條件的司法協商。既然還有利用價值，就不太可能放鬆對他們的監視。」

「能查出那八個人被捕時的住址嗎？」

「這個當時的紀錄應該有留下來。妳有什麼打算？」

「我是東哈林出身的所以我知道，其實他們不太會移居他處。」

凱西的話中有些苦澀。

「即使服完刑出獄，有前科的人就是找不到工作，也交不到知心朋友。所以就算明知道東哈林是犯罪的溫床，壞朋友又會來糾纏，也還是只能回那裡去。這方面我想曾經在990公寓工作的人也一樣。」

「韓國城嗎？」

「我認為值得去一趟。」

奎格望著天花板片刻，沒有遲疑地站起來。

「既然如此，事不宜遲。」

韓國城的主要街道位於百老匯與第五大道之間，三十二街的這一段。僅僅一個街區之內，開設了各種餐飲、超市的大樓林立，招牌上也是韓文飛舞。只不過街景算是較不亮眼，以東京類比的話，真琴認為很像新宿三丁目伊勢丹前。

990 公寓事件中獲不起訴的八人當中，有三人住在韓國城或其周邊。奎格他們走訪這三人，但前二人不在家。問了鄰居，鄰居表示經常不在家，很少見到人。

「反正還不是做同樣的工作。」

鄰居都這麼說。

「現在怎麼可能還會去做其他工作。就算 990 被舉發，那一行的也馬上會有新店家冒出來。她就會再去那裡上班。」

真琴邊聽邊感到反感，但凱西補充說鄰居的話其實沒錯。

「可悲的是，這就是現實啊，真琴。她們很多都是從小就被賣春集團發掘，二十幾歲、三十幾歲都是在那裡過的。這麼一來，就失去學習其他工作的機會，不習慣新的職業，結果還是會回鍋。」

「沒有職訓系統嗎？」

「有啊。可是像 990 公寓那樣的組織，對工作人員也都會開出高薪。而且是高到讓人覺得一整天在超市站收銀很傻的薪水。」

凱西的說明難以反駁，身為異鄉人的真琴心情很沉重。教育，就職，收入。這三者密切相關，決定一個人的命運，而且放諸四海皆然。

然而，其中也有像凱西這樣，對抗逆境，為自己爭出一番新天地。真琴忽然想，其中的不同究竟是什麼造成的？

「但願第三個人乖乖在家。」

前兩個人落空，奎格很快就洩了氣。但凱西則是對失意、絕望等不為所動。這恐怕與凱西的成長背景不無關係。

來到這個國家，看到凱西成長的地方，真琴再次深深感受到她的強韌。即使沒有聽她本人仔細說起，但一個東哈林的少女在進入哥倫比亞大學之前，一定歷經旁人無法想像的千辛萬苦，她本人卻不怎麼提起，在光崎底下開開心心工作。光是能接觸她一小部分的靈魂，這次的旅程便值回票價。

從餐館林立的熱鬧主要街道轉進後面的馬路，便是整排公寓。奎格邊看門牌路標邊找他們的目標的住處。

第三個人是尹寶玹，三十八歲。她在990公寓的工作不是賣淫，而是一手負責招呼客人與內部清掃，是名符其實的工作人員。檢方考慮其未有賣淫行為、未直接涉及販毒而不起訴。

「拜託，一定要在啊。」

奎格懷著期待敲門，還真的有人應門。

「哪位？」

露面的尹寶玹的外貌與年齡相符。說來殘酷，但集團可能認為與其讓她接客，不如專心做雜務才是人盡其才。

奎格表明了身分與來意後，尹寶玹雖顯得訝異仍不情不願地讓三人進屋。

「990 公寓的事我全都告訴警方了，所以才沒有被起訴就放回來。而且都四年前的事了，現在翻出來又能怎樣？」

「就像剛才向您說明的，因為發生了不同於事件的問題，CDC不能不管。」

凱西也助陣：

「安排客人的飲食也是妳的工作吧？」

「是沒錯，可是我只是把廚房準備好的東西端過去而已，從來不干涉菜單的內容。」

「那麼，妳也不知道客人的食物裡混了古柯鹼？」

「一開始藥和性就是整套的，哪還有什麼知不知道。這和麥當勞的店員不可能不知道漢堡裡有酸黃瓜是一樣的。」

「我們並不是要來追究妳的其他罪行。我們只是想知道四年前的八月二十八日，來自東京的日本七人團體和一個美國人吃了喝了什麼？」

「我要是記得住那些，還會在賣淫集團裡打雜嗎？」

「那是個日本團。應該會讓人留下印象吧？」

「我當然分辨得出韓國人、日本人和中國人，畢竟大家都是亞洲人。可是呢，你們知道一年有多少日本團會來嗎？雙手都不夠數。而且，什麼寄生蟲？不然你們是說990公寓有寄生蟲蔓延嗎？我告訴你，我打掃過的地方比川普飯店的客房還乾淨。啊啊，我實在受夠了！」

說到一半，尹寶玹開始露出她的不耐。

「真實姓名被報導出來，也有人記得我的名字。後來雖然不起訴被釋放了，還是有好一陣子找不到工作。去應徵，也在書面審核就被刷下來。之前待的是非法組織，當然沒有社會福利，在好不容易找到現在的工作之前，我過的日子簡直就像有家的遊民。我明明沒有賣淫也沒有直接販毒，卻一直要活在990公寓的陰影裡！」

面對尹寶玹的發飆，奎格和凱西都沉默了。因為純粹做雜務的她，不會是990公寓的核心人物，他們也很清楚這種種問題已超過她的負荷。

「你們也因為我是韓裔就敵視我對吧？以為這女人對990公寓的壞事瞭若指掌。」

「不，沒這回事。」

「隨便你說啦。每次紐約要舉辦什麼大活動，市警和檢方就想把一些不光彩的店從大街上藏起來。明明平常都說妓院是必要之惡，睜一隻眼閉一隻眼，為了超級盃就一腳踢翻。而且還連補身湯都不許做了，哪門子的自由國家啊！」

最後的吶喊真琴也有所共鳴，便也沉默了。

然後，下一秒鐘，腦海裡閃過一道光。

那是一種感觸不佳的線索，還沒有明確的模樣。

「那個，妳剛剛說補身湯對不對？」

尹寶玹以一副原來有妳這個人的眼神看真琴。

「對，日本小姐不曉得吧。聽說最近連韓國的年輕人也不肯吃了。」

真琴也知道補身湯是以蔬菜和狗肉燉的湯。她沒吃過，但聽說過這在韓國是傳統料理。

「妳們會不會曾經給客人吃過補身湯？」

「有啊。」

尹寶玹答得乾脆。

「補身湯就是很補，偶爾在客人上場前會以這道菜招待。」

「只招待湯嗎？」

「狗肉不管怎麼煮都很補，所以有時候會炒香菜，做涼拌什麼的，變化很多。日本沒有這些菜，我們也不會一一說明材料，大部分的人也不會多問就吃了。」

真琴知道自己嚥了一口唾沫。

「尹小姐，我現在要問妳的問題，請妳仔細想過再回答。準備好了嗎？」

奎格和凱西大概也都想到了，只見他們屏息專注於兩人的對話。

「我們要查的二〇一三年八月二十八日那陣子，客人和工作人員當中有沒有人得肝癌？」

「肝癌？怎麼突然扯到這個？」

「妳先別問，請回想一下。有沒有這樣的人？有嗎？」

自己雖然看不見，但神色一定很可怕。真琴的臉一逼近，尹寶玹便收斂了氣焰般縮得小小的。

只見她仰頭看天花板貌似沉思，然後臉微微亮起來。

「有一個。」

「是客人嗎？」

「是接客的女孩，姓金。正要去服務客人的時候突然痛起來，直接送醫。州立醫院給她急救卻沒救回來，後來一問，說是因為肝癌死的。」

「她也吃狗肉嗎？」

「一定的吧。我們又不會為個人各別出餐。」

「那是那年幾月的事？」

「二〇一三年四月十五。」

「為什麼這次連日期都記得那麼清楚？」

「因為那天發生了波士頓馬拉松爆炸案呀！電視新聞正在播事件現場，大家正目瞪口呆的時候她開始呻吟。所以我記得很清楚。」

思考在真琴腦海中翻騰。

包生絛蟲以動物為宿主來傳播。給 990 公寓的客人和工作人員吃的狗肉料理當中，會不會混有那些包生條蟲的卵？

雖無法得知包生條蟲突變的原因，但就感染途徑而言非常合理。尹寶玹就說了，她們不止煎煮，也供應生食涼拌。沒有加熱的話，包生條蟲蟲卵便能在活著的狀態下侵入人體。

值得注意的是這位金姓妓女死法與權藤等人相同的事實。若真琴的直覺準確，包生條蟲的突變種當時便已經誕生了。

「那位金小姐的解剖報告還在嗎？」

「那種東西我怎麼知道。也許給了經理，可是我一個工作人員怎麼知道。經理也說她是因為酗酒。」

這裡也發生了和瑞德勒局長相同的情形。因為不知有包生條蟲症，便將死因視為一般的肝癌。

「可是，關於這件事應該有人比我清楚得多。」

「咦？」

「因為，她的屍體應該也是醫檢局解剖的。」

3.

「這樣的話，在醫檢局就可以看解剖報告了。不過，原來是狗啊。這樣就說得通了。」

奎格深深點了一次頭。

「畢竟那雖然是突變種，但除了成長速度和具有毒性之外，生態都和一般的包生絛蟲一樣。最早的宿主是狗就很正常了。而且竟然是生的料理。簡直是叫蟲去他身上寄生嘛。那，吃了狗肉以後有出現異狀的，就只有那個姓金的女孩而已吧？」

「就我所知是這樣。」

「我想確認一下，妳們給員工和客人的料理不是叫外燴吧？」

「我們有請廚藝精良的廚師，也有完備的廚房。你們不要誤會了，990公寓不是一般的妓院，是VIP專用的高級設施。當然有專屬廚房。」

「那麼和她一樣吃了狗肉的，就只有員工和客人吧？」

「要說只有的話……」

「難道不是嗎？」

「偶爾會有住韓國城的人來玩。後來搬出去的人也會。我們廚師有時候也會另外做一些不是給客人吃的韓國料理給他們吃。韓國人，應該是說，韓國城裡大家的關係是很緊密的。」

「金病死之後，這些外來的人都繼續出入嗎？」

「所以我剛不是說偶爾嗎？那種事一個月頂多也才一、兩次。」

「那就好。」

奎格的問題用意很明顯。他是打算找出曾經在990公寓吃過狗肉的人，限制他們的行動。

所幸當局掌握了該店大部分員工的住處。偶爾出入的第三者也是鄰近的人，要找也很簡單。客人方面，只要有破獲990公寓時羈押的顧客名單，絕大多數都在掌控之中。

問題是烹調狗肉料理之前。

真琴能想得到的，凱西也馬上會想到。凱西面帶滿意之色，提醒奎格：

「搜查官，找出帶原者固然重要，但若不查出感染源，災情只會不斷擴大。」

「這我知道。尹寶玹，妳們用來做狗肉料理的食材也是從聯合廣場的市集進的嗎？」

「怎麼可能。那裡的商品種類雖然壯觀，但你沒在那裡看過門前掛著狗的光景吧？」

「只有狗肉是向別的地方進貨的嗎？」

「不止狗肉，凡是韓國料理才會用到的食材，都是向專門的食品業者進貨的。你熟悉狗肉料理嗎？」

「No。」

「本來只有鬆獅犬是國際公認的食用犬，不過在韓國和韓國城則是常用黃狐狸犬。」

「黃狐狸犬？」

「全名是高麗黃狐狸犬。不過韓國人大部分都只當作是『黃色的雜種狗』的意思。但就算這樣，也是會挑品種的，不是什麼狗都可以，才不會隨便去抓路上的野狗呢。所以才會跟那家食品業者進貨。」

「送來的時候是帶皮毛的嗎？」

「不是。我們沒有那個時間處理。送來的時候已經剝好皮、把部位分開了。」

奎格傻眼般搖頭。真琴知道他在想什麼。號稱是黃狐狸犬，但皮都已經剝了，誰也看不出來到底是不是。

「妳記得那家業者的名字嗎？」

「『紐約配達』。他們服務的都是韓國城這一帶的家店，我想現在應該還在。」

「等等。」

奎格操作自己的手機之後，露出滿意的笑容。

「Yeah！店還在。」

真琴也知道接下來會有什麼行動。一定是趕往「紐約配達」，確定食用犬的進貨來源。

「總之，幾乎可以確定感染源就是送進韓國城的狗。這樣就可以進行防疫工作了。」

奎格一副久留無用的樣子走出了尹寶玹家。目的地當然是醫檢局。為的當然是看金的解剖報告，確定她死於包生條蟲症。

真琴和凱西活像是被拖著走般跟在奎格身後。

「Oh，my God！」

在局長室裡一聽到奎格的報告，佩璟便仰天大叫。

「四月十五日，990公寓，金賢珍。負責幫她驗屍的就是我呀！」

「妳解剖之後沒有發現異狀嗎？」

同學都已經不知所措了，凱西還是毫不留情。

「等等，我把紀錄找出來。」

只見她慌慌張張地打開自己的電腦，搜尋過去的解剖報告。簡直像是被老師指出不該犯的失誤的學生，真琴看著覺得很溫馨。

不久，大概是找到了吧。佩璟以羞憤交加的眼神瞪著螢幕好一陣子。

「肝實質呈纖維成分多的顆粒狀，肝臟整體略微肥大。有將近一半遭癌細胞侵蝕，實質發生浸潤。而患部下方有小囊泡。因為是典型的肝癌症狀，我沒有特別注意，原來這小囊泡就是……」

凱西繞到佩璟身後，指著畫面。

「對，這就是包生絛蟲潛藏的小囊泡。和我們Boss最先發現包生絛蟲的症狀很像。」

「凱西，可以斷定金賢珍的死因是包生絛蟲症嗎？」

對奎格這一問，凱西深深點頭。

「看解剖報告，也與權藤和蓑輪的有多處一致。直到死亡前都沒有自覺症狀、突然產生劇痛痛苦不堪也一樣。我判斷這是包生絛蟲症。」

「Damn it！」

佩璟懊惱地歪著嘴。

「瑞德勒局長的時候我發現包生絛蟲躲在小囊泡底下，這個卻完全沒看到。我竟然犯下這種無可挽回的失誤。」

「這樣不算失態的。」

真琴趕緊出言安慰。她們帶來的問題給凱西的朋友造成困擾，讓她覺得很過意不去。

「最早的病例，也是因為執刀的是光崎教授才發現的。我們就在旁邊也完全沒注意到。」

「真琴，謝謝妳努力安慰我，可是，」

佩璟瞪大眼朝這邊看。這是她頭一次露出充滿屈辱的眼神。

「在醫檢局工作的人竟然錯失了真正的死因，沒有什麼好辯解的。」

「可是解剖並不是佩璟單獨負責的吧？」

「小組包括我在內有三個人。換句話說，三個人全都誤判了死因。實在太丟臉了。」

或許是考慮到現場氣氛太沉重，奎格以開朗的聲音說道：

「不過，這樣感染途徑就顯露出來了。『紐約配達』是一切的元凶。接下來要針對食用的高麗黃狐狸犬的捕獲地點和韓國城及其周邊地區進行防疫作業。」

「奎格搜查官，你說防疫工作，可是對付包生條蟲的方法頂多也只有撒泡過吡　酮的食餌呀？」

「真琴，日本在發生疫情的時候，感染區域也限定在相對狹小的地區吧？」

奎格指的是過去日本曾發生的O-157禽流感。真琴記得當時的感染區域相當大，但在奎格這個美國人眼裡大概很小吧。

「在小範圍裡只要撒藥餌就能控制疫情。但當感染遍及大範圍時，ＣＤＣ就必須將根絕感染源列入考慮。」

奎格豎起食指。雖覺得他的說法似乎是要以量取勝，但想到ＣＤＣ有ＣＤＣ的方針，真琴就不作聲了。

「接下來我們要趕往『紐約配達』。代理局長要不要一起去？」

「不，我就不去了。我要重新調查金賢珍死亡之前是否有同樣的病例。」

奎格似乎料到她會這麼說，沒有再堅持，走出了局長室。行動之迅速在古手川之上呢——真琴在一些奇怪的地方方感到佩服。

「紐約配達」的店鋪位於韓國城外，與主要道路有一段距離的地方。

或許是專門進貨，店頭不見食材。倒是韓文寫的菜單樣的東西貼滿了玻璃窗，但真琴半個字都看不懂。

一進店裡，一股異味瞬間竄入鼻腔。是艾草和辣椒，以及精肉的味道混為一體的氣味。

這裡的空間大概是窄長型的吧。門面小，但後進很深。這裡氣味很重，交談的密度也很高。放眼看去就有七名左右的員工搬著箱子來來去去，說話的嗓門也又高又響。

奎格攔住一個經過旁邊的員工，劈頭便問：

「老闆在哪裡？」

並出示證件要求見面。但或許是不通英語，員工只是不知所措，完全不得要領。

「有沒有人會說英語的？」

奎格扯開嗓門好與周遭的會話抗衡。或許被當作妨礙工作，在他身邊的工作人員開始集中過來，氣氛變得緊張。

「現在到底會怎麼樣？」

真琴感到不安，靠近凱西，凱西不愧是前紐約客，不以為意。

「不用理他們。像這種場合，比的是聲音大，不是人數多。妳可能會覺得不合理，但不同民族之間的交涉大多都是這樣。」

奎格和員工之間的攻防持續了一陣子，過了一會兒就像凱西說的，騷動平息，從裡面出現一個大腹便便的中年男子。從員工的態度看來，這個人應該就是店主了。

「我是老闆明河那。」

短髮中雜著白髮，明顯露出猜疑心的眼神令人印象深刻。

「我是CDC的奎格．史都華。給現在已經不做的990公寓送食材的就是你們吧。」

一提到990公寓的名字，明河那的眼神又更陰狠了。

「我們在韓國城是供貨最多的，不止供貨給那裡。那又怎麼了嗎？」

「你們也送高麗黃狐狸犬吧？」

「那是韓國正統食材。也沒有違反州法或條例。」

「我不是來查你有沒有犯法。」

奎格簡單說明了990公寓的寄生蟲感染。之所以按下包生條蟲這個具體的名字和已有死者出現不提，多半是不想再刺激明河那的戒心。

「寄生蟲嗎。肉類原則是要熟食，但客人有自己的嗜好嘛。甚至有客人喜歡生吃內臟的。為了這來抱怨我們是轉嫁責任。」

「我不是來追究你吃法的責任。只是想確認狗肉本身。」

「如果只是要確認已經處理好的肉品……」

明河那回頭一下。

「在那邊嗎？」

奎格沒聽完他的回答便抬腳起步，推開明河那，大步往裡走。

他應該是打算在東西被藏起來之前先掌握現場，而真琴覺得這種行動模式更顯得與古手川如出一轍。

「你、你怎麼擅闖別人的店！」

明河那慌忙急奔，真琴和凱西也緊追在後。或許是為了保存食材，越往後室溫越低。真琴很不敬地忽然想起法醫學教室的解剖室。

「請等一下！就算你是CDC的，也沒有權利在別人店裡硬闖！」

明河那拚命緊追，奎格卻冷冷揮開他伸過來的手，繼續向前。

抵達穀物與蔬菜區時，一股獸味衝鼻而來。可以看見後面掛著肉片。遠遠就看得出來，剝了皮後的形狀，與常見的豬牛雞明顯不同。

看到頭部，立刻便知道那是一隻狗。

真琴的心不禁為之一沉。即使叫自己不要對他國的飲食文化抱持偏見，但親眼看到平常被當作寵物的動物變成食用肉塊掛在那裡，就忍不住想轉移視線。

然而越靠近精肉區，那種不自在突然轉變為無比的恐怖與不祥。

掛著的肉塊正下方設了一個孩子高的鐵籠，裡面關著幾隻狗。

生與死只有一線之隔。籠中的狗彷彿已經知道自己的命運，無力地趴著。

奎格站在籠子前往裡面看。

「哼。Before、after 是嗎？」

奎格一定也是和真琴有同樣的感受吧。他將厭惡寫在臉上，觀察籠裡的狗。

「你不能進來這裡……」

明河那開口抗議，卻懾於注視著籠內的奎格，不敢把話說完。

「Hey，老闆，是我的眼睛有毛病嗎？」

奎格聲音一變，又低又沉。

「在韓國食用的是高麗黃狐狸犬。但我聽說其實沒有這麼嚴謹，多數韓國人認定可食的是『黃色的雜種狗』。可是，你看看這籠子裡低著頭的這幾隻。有黃的，也有黑的白的。紐約確實是民族的大熔爐，你也把平等主義發揮在狗身上了嗎？」

見奎格指著籠內，明河那刻意大聲嘖了一聲。

「所謂的『黃色雜種狗』，最近意思變得更模糊了。說得難聽一點，剝了皮，黑色、白色、黃色都一樣。」

「剝了皮大家都一樣，是嗎？真想讓馬丁路德金恩牧師聽聽看。但，這你要怎麼解釋？」

奎格的聲音更低了。

「每隻都髒得要命。這可不是籠子裡的髒。我妹妹有養狗，我知道。這幾隻，都不是從小被當作食用犬養大的。」

接著奎格的怒氣似乎超過了職業上的憤慨。

「你這傢伙，把野狗當食用犬來賣是吧？」

奎格伸手抓住明河那的胸口。由於身高差距相當大，明河那被懸空了。剛才還能稍微虛張聲勢的明河那也害怕起來。

「別動粗！」

「那你回答我。這些狗你是從哪裡抓來的？」

「……市中心。」

因為喉嚨受到壓迫，他發出呻吟般的聲音說。

「只要去市中心，總是會有狗在那裡亂晃。市中心找不到的時候只要到哈德遜河，就可以抓滿 Quota（額度）。」

「光是把野狗拿來食用還不夠，還訂了 Quota？你這混帳！」

憤怒中還帶傻眼。凱西似乎也一樣氣傻了，只見她雙手盤胸，以看穢物般的視線望著懸在半空的明河那。

至於真琴，只是一心可憐籠子裡的狗。其中或許有一出生就是野狗的，但大多應該都是棄犬吧。曾經由人類餵養的，如今自己卻要成為人類的盤中飧。籠中的牠們顯得無精打彩，絕非只是真琴多心。

「聽你說起來，捕捉的路徑是固定的吧。要請你把那條路徑說出來。」

奎格總算把明河那放下來，但憤怒還是沒有平息。如果奎格不是身在ＣＤＣ而是隸屬於動保相關組織的話，他的憤怒一定會表現得更直接吧。

「反正你也沒有做檢疫吧。直接就拿來肢解販賣了。開心點吧，送貨的工作暫時要休息了。這次換你在籠子裡享受假期。」

奎格一通知，不久便來了幾名紐約市健康與心理衛生局的職員，將店內的食材一一查封。員工也全被留下，逃也逃不了。

奎格將前後經過告訴負責人之後，便與真琴和凱西一同來到店外。呼吸到外面的空氣才發現，衣服、頭髮都沾染了店內的味道。沒想到就連這一點都跟解剖室一樣。

佇立在人行道上，奎格從胸口拿出菸。

邊說要除臭邊點了菸，然後吐出長長的煙。看樣子他是一直忍耐著不在真琴她們面前抽菸，而除臭是再正當也不過的理由，她們也沒有反對。

「這份工作我做很久，但也很久沒看到那種混蛋了。」

「奎格先生喜歡狗嗎？」

「剛才我也說了，是我妹妹很愛狗。我不算特別喜歡狗，也沒有對狗過敏。對，真是幸運。」

真琴不明白這樣到底哪裡幸運？往旁邊一看，凱西一臉心事重重的神情。

「妳明白奎格先生的意思嗎？」

「真琴，在紐約，司法解剖的數量比埼玉縣內多多了。只是，並不會因為這樣就預算充裕，查明死因也不在預算順位的前面。」

我想也是——真琴附和。

「說得更白一點，不會因為可能帶原，就把狗一隻隻送上手術台找寄生蟲，既沒有那個工夫也沒有那個預算。除非是特別富有的階層。」

「那……」

「有包生絛蟲帶原可能的狗大概會被撲殺。而且用的是徹底殺死體內包生絛蟲最有效率的方法，燒死。」

「怎麼這樣……」

「現在事情並不是從愛護動物的觀點徵求飼主這種層級，而是防疫上的問題。紐約市民和野狗的存在價值，連比都不用比。」

奎格仍抽著菸，不插話。這就證明了凱西的說明是適切中肯的。

「將明河那搜狗路線上的貓、狗、郊狼統統一網打盡後撲殺。然後再施藥防止再度發生。如果照著防疫守則，我想應該會是這樣。」

奎格還是沒有任何反應。

真琴下意識地咬著嘴唇。在異國發揮一時的愛護動物精神只會惹人嫌。考慮到紐約市民的安全，也可說是本末倒置。

但是儘管腦袋理解，內心卻無法接受。好空虛，好難過。當初發生禽流感時，撲殺了約三百二十萬隻雞，真琴現在覺得有一點點了解養雞業者當時的心情了。

三人佇在那裡，一時無語。

回到她們投宿的飯店，真琴將今天一天得知的事告訴了人在日本的古手川。

『抓野狗給客人吃？真沒良心。』

真琴簡直能看到電話那頭古手川皺起眉頭的樣子。

『不過從市中心到哈德遜河，範圍應該很大吧？』

「聽奎格先生說，那屬於紐約市健康與心理衛生局的職權，不過如果要大規模使用火器，也會請軍方協助。」

『原來每個國家都一樣，最後都要靠軍隊啊。』

「你們那邊情況如何？有沒有從住進城都大附屬醫院的那些議員那裡問到新的消息？」

『沒有。光崎醫師和南条醫師輪流安撫哄騙，那五個人就是死不開口。明明一個不好就會有像權藤和蓑輪那樣痛苦而死的危險……所以我才想不通啊。』

「想不通什麼？」

『聽真琴醫師說的，考察團和瑞德勒局長買春、吸毒、吃狗肉，任何一件被國內知道了都會被追究責任，也會飽受抨擊。可是啊，這是不惜拿自己的命來換也要守住的秘密嗎？』

「身為議員的自尊不容許？」

『那麼有自尊的議員會去參加買春團？』

「……說的也是。」

『真琴醫師，還沒有。』

古手川的聲音難得慎重。

『包生條蟲症的感染源找到了。消滅感染源和防疫這兩樣工作也都有辦法進行了，沒有枉費真琴醫師和凱西醫師遠到紐約出差。目的達成了。但是，這件事背後還有文章。』

4.

紐約市健康與心理衛生局動作迅速。一從明河那那裡確認了抓狗路線，便協同健康部展開大規模的搜捕野狗行動。

第一天動員的職員超過一百人，捕獲的狗多達二百五十隻。一般被帶到撲殺機構的狗會以一氧化碳使之窒息後，包裹在塑膠袋中掩埋，但因有包生條蟲帶原的嫌疑，還是只有焚化一途。這天，撲殺機構升起的黑煙沒有停過。

市政府做事不含糊，搶在大量撲殺野狗之前發表了聲明。而且以「為預防包生條蟲疫情不得已採取的措置」作為撲殺的原由，市民及動保團體都沒有太大的批判。

當局的聰明之處，在於毫不隱瞞地公開了突變種的存在。突變種的特性與毒性不同於一般的包生條蟲，且在日美兩國均已出現死者，由於公開發表了這兩項事實，大多數人都認為撲殺有帶原嫌疑的野狗是合理的。奎格曾對這個國家的資訊公開表示質疑，真琴卻認為他們的態度已相當公開透明。

在紐約市內大量撲殺野狗的震驚之中，ＣＤＣ對包生絛蟲發生突變的原因做了以下的假設。

即，哈德遜河上游化工廠林立，其中一家持續多年於河底與河岸非法排放污染物質。當狗和郊狼攝取了受污染的野草、小動物，同樣已被吃進肚子裡的包生絛蟲蟲卵也因這些污染物質發生了變異——以上純屬推測，目前正在分析突變種的樣本，但至少這是真琴能夠接受的假設。將來應該會由奎格主導完成最終報告吧。

雖然很想親眼看到紐約市的包生絛蟲撲滅作戰是否奏效，但既然已經完成查出感染源這個最初的目的，更重要的是受限於預算，真琴與凱西不得不回國。只是凱西希望最後去打聲招呼，兩人便去了醫檢局。

「妳們倆立下了大功呢！」

在局長室迎接她們的佩璟這樣說著犒勞她們，但臉上不像是心滿意足的笑容。

「要不是我錯漏了金賢珍的包生絛蟲，事情就不至於這麼嚴重……一想到這裡，我就開心不起來。」

佩璟這麼說，垂下雙肩。

「照目前這個狀況，這個局長室很快就會正式成為我的辦公室了。可是，發生了這樣的事，我真的有資格當局長嗎？我越來越沒自信了。」

「自我評價過高的人，最好小心一點。」

凱西的建議雖辛辣，佩環卻苦笑著接受了。

「妳說的對。法醫學的世界太深奧了。在光崎的眼裡，我大概跟新人沒有兩樣吧。」

「在他面前，所有人都是新人。」

「也對。要不我也乾脆跟妳一樣，去拜光崎為師好了。」

「No。」

當下被否決，佩環恨恨地瞪凱西：

「好歹研究一下可行性吧？人家我也是累積了不少解剖經歷的。」

「不是經驗多寡的問題。而是我的老闆絕對不會容許妳這種背信的人。」

「這我就不能不問了，我哪裡背信了？」

「妳說妳錯漏了金賢珍的包生條蟲是騙人的，佩環。」

凱西的聲音一反平常的強硬。

「……凱西，如果妳不是開玩笑，我就必須重新考慮和妳的友情了。」

「我已經重新考慮很久了。佩璟，如果妳心裡還有職業道德，就去市警自首。」
「我完全不明白妳在胡說什麼。」
「昨天我們又去找了尹寶玹。就是之前在 990 公寓負責配膳的員工。妳還記得她嗎？」
佩璟的臉上閃過一絲動搖。
「妳應該也是韓國城出身的。尹寶玹還記得妳，說妳到醫檢局上班以後，也不時會回來。她也記得妳最後來的那天。東京來的考察團來 990 公寓作客的那天早上，妳就去了廚房。佩璟，為什麼妳沒有一開始就告訴我們？」
見佩璟不願回答，凱西便繼續說下去：
「妳之所以不說，是因為那會成為不利於自己的證詞吧。妳說妳解剖金賢珍的時候錯漏了包生條蟲症是騙人的。其他執刀同事錯漏了，妳卻注意到包生條蟲突變種的存在。當然也注意到了包生條蟲的毒性。」
說到這裡凱西停下來，似乎是要等佩璟回應，但對方還是沒有要開口的樣子。
「妳知道突變種的危險，而且在八月二十八日去了 990 公寓的廚房。妳知道那天瑞德勒局長會帶考察團去吃晚餐。聽說妳在早上進完貨，廚房員工外出休息時，自願留守。那天妳明明要代理瑞德勒局長的工作，應該很忙才對。妳在員工外出的那三十分鐘做了些什麼？接下來是我的想像，要我說出來嗎？」

佩璟依然沉默。凱西當她是默許，繼續說下去：

「妳把從金賢珍身上取出的包生條蟲蟲卵混進了處理好的狗肉裡。然後等尹寶玹她們回來之後，再若無其事地離開廚房。之後妳返回醫檢局，在瑞德勒局長接待考察團期間埋頭替瑞德勒局長做他的工作，一心期待著局長下班後帶著考察團去 990 公寓。」

「妳是說，瑞德勒局長病死是我的策略囉？」

佩璟終於開口了。

「又不能保證包生條蟲一定會致人於死。就謀殺計畫而言，也未免太溫吞了。」

「正因為有金賢珍這個實例，妳才會做這個計畫。包生條蟲症的潛伏期很長，難以確定何時感染。要三年呢？還是四年？就算要這麼久，只要能殺死瑞德勒局長，妳就不在乎。妳將蟲卵混進 990 廚房的狗肉，是打算依照包生條蟲的特性偽裝成偶發事件，但就算失敗了，也只要另尋機會再把蟲卵混進瑞德勒局長的餐點就好。」

「動機呢？」

「現在這裡成了妳的辦公室就是動機。當局長發生不測無法執行任務，自然就是由妳代理局長的工作。只要一切順利，這樣的狀況一直持續，最後妳就會自動正式晉升為局長。」

「凱西，妳真有想像力。我還以為妳除了給屍體動刀之外沒有別的才能。不過，就像妳自己說的，這些全都是想像。不，應該說是妄想才對吧。妳沒有證據。」

「我也希望是我的想像。不過，他一定會找到證據的。因為他不但身為醫師，還兼具了搜查官的資質。」

「他？」

「奎格沒來妳不覺得奇怪嗎？他現在正和市警的搜查官一起對妳的住家進行搜索。」

佩璟的表情立時變了。

「突變的包生條蟲什麼時候會致瑞德勒局長於死？如果只是混入990公寓的餐點，就只能依靠機率。可是只要反覆混入機率就會提高。依照妳的個性，一定試過好幾次吧。所以妳備有包生條蟲蟲卵的庫存。當然，蟲卵和資料這麼危險的東西，妳不可能保管在工作地點。」

「所以才要搜索住處是吧。可是凱西，瑞德勒局長已經死了。這樣我還會把已經功成身退的蟲卵保管在自己家裡嗎？一定會馬上丟掉的嘛。」

「既然妳能當上醫檢局的副局長，當然不會犯將東西留在身邊的錯誤。可是數據資料呢？依妳的個性，想必調查過突變種，也驗證過吧。數位資料無法完全刪除，那是可以復原的。」

說話到一半，佩璟的表情就變得越來越邪惡。

「就算我家裡的電腦留下了包生條蟲的數據，也不能證明我保管了蟲卵。」

所謂言多必失。佩璟的話已經吐露了她擁有數據的事實。

「不止數據。醫檢局在破獲990公寓之際，也對廚房進行徹底搜索，資料庫裡至今還有不明指紋。要是那些指紋中有妳的指紋，妳打算怎麼解釋？」

或許是心虛，佩璟的視線落在自己的指尖上。焦躁與狼狽漸漸使她的臉色沉下來。

「這是賭機率的犯罪，市警要立案想必不容易。但這個案子同時也是CDC的案子。無論有什麼苦衷，他們都不會放過人為傳播寄生蟲的人。為防範今後疫情再起，也會徹底追究妳的責任。而且，沒有任何行政官會讓一個有嫌疑的人擔任醫檢局局長。」

「我們的友情到此為止，凱西。」

「我來這裡之前就早有覺悟了。」

「揪出犯人的感覺很不錯吧？」

「爛透了。」

佩璟突然仰望天花板，短短嘆了一口氣。

「剛才，妳說我的動機是局長大位是吧。」

「妳出人頭地的野心向來就比別人強。」

「不止是那樣。不然妳每天每天都當面聽人家對妳說仇恨言論看看。換作是妳，一定巴不得當場解剖他。」

重新面向她們的佩璟無畏地笑了。

「仇恨言論和砒霜一樣，再少都會在體內不斷累積，最終達到致死量。」

「可是妳為了殺害瑞德勒局長一個人，還牽連了七個無關的日本人。」

「妳說無關倒是沒錯。可是，凱西，那群日本人絕非善類。不僅不是，他們根本是見棄於神明的罪人。」

「因為他們買春？」

「No！妳們沒聽尹寶玹說考察團選了什麼套餐嗎？」

「套餐？」

「990公寓的服務有好幾種套餐，依客人的喜好分為五種。其中考察團選的是C餐。我先告訴妳們，不是表示程度的C。」

「難道……」

「就是。C餐的C是Child的C。那七個人全都戀童。那天，我聽尹寶玹說考察團選了C餐，就認為他們被牽連也不算冤枉。平常下賤的日本人就拿錢對韓國女人為所欲為，就算活著，也只會到處散播毒害而已。」

然後佩璟的視線也轉向真琴。

「就算同為弱勢，從日本來玩的男人也把韓國女性看低一等。所以才會不以為意地掰開韓國女孩的雙腿。她們都是連初潮都還沒來的孩子，體內射精也不用擔心。其中甚至有女孩因子宮破裂和感染而死。可是日本人還是死性不改，就是來店裡找幼齒的。那七個人也是這種畜牲。」

真琴覺得自己臉上好像也遭人唾吐。

『原來如此。這樣就說得通了。』

在前往甘迺迪國際機場的計程車上，在電話另一頭點頭的古手川的臉彷彿就在眼前。

『只是買女人是還好，但兒少性剝削是要判刑的。一個月以上五年以下的拘役或三百萬以下的罰金。就算是在國外發生，也以國外犯論罪。什麼不做偏偏戀童症發作去買小孩的身體，可不是被罵罵考察考去遊山玩水就算了，這種醜聞足以讓他們被社會抹殺。難怪住院的那五個人一直不開口。』

隔著電話也能感受到古手川的憤怒。

「可是，沒有證據。」

『收集了美國那邊的相關證詞至少可以起訴。別的不管，我這就會用兒少性剝削的嫌疑好好逼問他們，不會讓他們保持緘默的。也會找警視廳裡認識的人聯合追查。那，包生絛蟲那邊怎麼樣了？』

找出感染源之後，CDC便一手包辦了剩下的工作。雖通報有另三名患者，但感覺上已將包生絛蟲疫情控制在最小的範圍內。疑為宿主的野狗是最可憐的，但多虧了健康與心理衛生局毫不留情的處置，才沒有更多人受害。雖然不能掉以輕心，但疫情應該不久就會告終。

「不過呀，古手川先生，殺死權藤先生和蓑輪先生的，也許不是包生絛蟲。」

真琴脫口說出了比喻意味的話，但古手川似乎聽懂了。

『是啊，我也這麼想。殺死那兩個人的不是蟲的毒，而是人的毒。』

「……越想越噁心。」

『我也是。等妳回來，要不要去吃點好吃的？』

一瞬間真琴差點就要咧嘴而笑，但發現旁邊的凱西正饒富興味地觀察著她，趕緊穩住。

「這件事我知道了。那麼，詳情回國後再談。」

掛了電話，果然凱西就湊過來了。

「找妳約會？」

「只是慰勞！」

不久，機場的遠景出現在兩人的視野之中。

希波克拉底的試練

全書完

希波克拉底的試練

ヒポクラテスの試練

作　者—中山七里
譯　者—劉姿君
編　輯—黃煜智
行　銷—趙鴻祐
校　對—魏秋綢
封面繪者—遠藤拓人
封面設計—楊珮琪
排版設計—陳姿伃
副總編輯—羅珊珊
總 編 輯—龔橞甄
董 事 長—趙政岷
出 版 者—時報文化出版企業股份有限公司
108019台北市和平西路三段二四〇號四樓
發行專線／（02）2306-6842
讀者服務專線／0800-231-705、（02）2304-7103
讀者服務傳真／（02）2304-6858
郵撥／1934-4724時報文化出版公司
信箱／10899臺北華江橋郵局第九九信箱
時報悅讀網—www.readingtimes.com.tw
電子郵件信箱—ctliving@readingtimes.com.tw
思潮線臉書—https://www.facebook.com/trendage
法律顧問—理律法律事務所　陳長文律師、李念祖律師
印　刷—勁達印刷有限公司
初版一刷—二〇二二年六月二十四日
定　價—新台幣四六〇元
（缺頁或破損的書，請寄回更換）

時報文化出版公司成立於一九七五年，
並於一九九九年股票上櫃公開發行，於二〇〇八年脫離中時集團非屬旺中，
以「尊重智慧與創意的文化事業」為信念。

希波克拉底的試練 / 中山七里著 ; 劉姿君譯 . -- 初版 . -- 臺北市 : 時報文化出版企業股份有限公司 , 2022.06
344 面 ; 21*14.8 公分 .
譯自 : ヒポクラテスの試練
ISBN 978-626-335-479-1(平裝)

861.57　　　111007333

ISBN 978-626-335-479-1
Printed in Taiwan